शिष्य उपनिषद्
कथाएँ गुरु और शिष्य साक्षात्कार कीं

सरश्री

शिष्य उपनिषद् कथाएँ गुरु और शिष्य साक्षात्कार कीं

© Tejgyan Global Foundation

All Rights Reserved 2016.

Tejgyan Global Foundation is a charitable organization with its headquarters in Pune, India.

सर्वाधिकार सुरक्षित

वॉव पब्लिशिंग्ज् प्रा. लि. द्वारा प्रकाशित यह पुस्तक इस शर्त पर विक्रय की जा रही है कि प्रकाशक की लिखित पूर्वानुमति के बिना इसे व्यावसायिक अथवा अन्य किसी भी रूप में उपयोग नहीं किया जा सकता। इसे पुनः प्रकाशित कर बेचा या किराए पर नहीं दिया जा सकता तथा जिल्दबंद या खुले किसी भी अन्य रूप में पाठकों के मध्य इसका परिचालन नहीं किया जा सकता। ये सभी शर्तें पुस्तक के खरीददार पर भी लागू होंगी। इस संदर्भ में सभी प्रकाशनाधिकार सुरक्षित हैं। इस पुस्तक का आंशिक रूप में पुनः प्रकाशन या पुनः प्रकाशनार्थ अपने रिकॉर्ड में सुरक्षित रखने, इसे पुनः प्रस्तुत करने की प्रति अपनाने, इसका अनूदित रूप तैयार करने अथवा इलेक्ट्रॉनिक, मैकेनिकल, फोटोकॉपी और रिकॉर्डिंग आदि किसी भी पद्धति से इसका उपयोग करने हेतु समस्त प्रकाशनाधिकार रखनेवाले अधिकारी तथा पुस्तक के प्रकाशक की पूर्वानुमति लेना अनिवार्य है।

First Edition : July 2016

Reprint : Dec 2017

Publisher : WOW Publishings Pvt. Ltd., Pune

Shishya upanishad Kathayen Guru aur Shishya Sakshatkar ki
By **Sirshree** Tejparkhi

यह पुस्तक समर्पित है
उन सद्गुरुओं को जो अपने शिष्यों को
माया की गोद से निकालकर,
सत्य की गोद में डाल देते हैं।

विषय सूची

प्रस्तावना	रहस्य गुरुत्त्व और गुरु तत्त्व आकर्षण का विश्वास करें कि आप वही हैं	9

खण्ड १ — शिष्य की वृत्तियाँ और गुरु का प्रहार — 13

अध्याय १	नाराज़ क्या जाने राज़!	15
अध्याय २	थोड़ा मगर आज	20
अध्याय ३	तमोगुण पर विजय	25
अध्याय ४	अहंकार की सेवा, एक महँगा सौदा	31
अध्याय ५	अहंकार रहित न्योता	34
अध्याय ६	क्रोध आपका स्वभाव नहीं	38
अध्याय ७	लक्ष्य प्राप्ति में क्रोधरूपी बाधा	42
अध्याय ८	भिक्षु तपा की ईर्ष्या	45
अध्याय ९	आंतरिक गुणों का विकास करें	49
अध्याय १०	शिष्य की गीता, गुरु का मार्गदर्शन	52
अध्याय ११	शिष्य को मिला गुरु का अतार्किक जवाब	56

खण्ड २ — गुणों पर गुरु का मार्गदर्शन — 61

अध्याय १२	तथागत का वरदान	63
अध्याय १३	शिष्य का मिथ्या भ्रम	67
अध्याय १४	हर कार्य में पूर्णता प्राप्त करें	72

अध्याय १५	सच्चे शिष्य की पहचान	77
अध्याय १६	लाभ या लक्ष्य में चुनाव	81
अध्याय १७	कर्मों का अदृश्य प्रभाव	87
अध्याय १८	नरभक्षी कौड़ा का हृदय परिवर्तन	93
अध्याय १९	शिष्य की गुरु से उम्मीदें	98
अध्याय २०	भगवान महर्षि का मौन उपदेश	102
अध्याय २१	शिष्य पर सद्गुरु की कृपा	105
अध्याय २२	शिष्य के लिए गुरु आज्ञा का महत्त्व	109
अध्याय २३	सत्यकाम की सत्यनिष्ठा	112
अध्याय २४	शिष्य को मिली गुरु से सीख	116
अध्याय २५	शिष्यता की कसौटी	120
अध्याय २६	संपूर्ण गुरु की पहचान	123
खण्ड ३	**शीश का समर्पण और मान्यताएँ**	**127**
अध्याय २७	ईश्वर के प्रति मान्यताएँ	129
अध्याय २८	पूर्ण समर्पण का महत्त्व	135
अध्याय २९	गुरु–शिष्य का बेशर्त रिश्ता	140
अध्याय ३०	गुरु–दक्षिणा का उद्देश्य	143
खण्ड ४	**गुरु द्वारा अंतिम सत्य की ओर इशारा**	**147**
अध्याय ३१	शब्दों के परे का ज्ञान	149
अध्याय ३२	शिष्य की गुरु दर्शन की अभिलाषा	152
अध्याय ३३	शिष्य के लिए गुरु का संदेश	157
अध्याय ३४	जीवन के पाँच सबक	160
अध्याय ३५	स्वयं की तलाश	164
	तेजज्ञान फाउण्डेशन की जानकारी	168-176

U R THAT

रहस्य गुरुत्त्व और गुरु तत्त्व आकर्षण का
विश्वास करें कि आप वही हैं

प्रस्तावना

हर इंसान के चारों तरफ एक आभा मंडल है, जो उसे दिखाई नहीं देता। वह न स्वयं का आभा मंडल देख पाता है और न ही सामनेवाले का परंतु यह आभा मंडल हर वक्त मौजूद होता है।

इस आभा मंडल के चारों ओर सूरज मंडल यानी सोलार सिस्टम है।

इस सोलार सिस्टम के चारों ओर ब्रह्माण्ड का मंडल है।

ब्रह्माण्ड मंडल के चारों ओर है ब्लैक होल।

ब्लैक होल के चारों तरफ है वाईट होल।

इस ब्लैक एण्ड वाईट के पार जो होल है वह है, 'आत्मानंद'।

विज्ञान तो केवल ब्लैक होल तक ही पहुँचा है। परंतु इसके पार का जो गूढ़ रहस्य है, उसे सिर्फ गुरु ही बता सकते हैं।

सूर्य के चारों ओर जो नक्षत्र घूम रहे हैं, उन्हें इतनी सुंदरता से जो चीज़ जोड़े हुए है, वह है 'गुरुत्वाकर्षण'। जितना महत्त्व गुरुत्वाकर्षण का ब्रह्माण्ड में है, उतना ही महत्त्व गुरु तत्त्व का इंसान के जीवन में है। जिस तरह नक्षत्रों, ग्रहों को जोड़े रखने के लिए गुरुत्वाकर्षण की आवश्यकता है, उसी तरह सत्य प्राप्ति के लिए और उसके बाद सत्य में स्थापित होकर जीवन जीने के लिए 'गुरु तत्त्व के आकर्षण' की आवश्यकता है।

जिस तरह यदि ब्रह्माण्ड में गुरुत्वाकर्षण न हो तो ग्रह (सौर मंडल के तारे) बिखर जाएँगे, उसी तरह यदि इंसान के जीवन में सही मार्गदर्शक, सच्चा परामर्शदाता, गुरु न हो तो इंसान का जीवन बिखर जाएगा।

जिस अवस्था में यह पूरा विश्व समाया है, उस अवस्था को आपके छोटे से शरीर में जानना ही आध्यात्मिक लक्ष्य है। इस अवस्था तक हमें गुरु ही लेकर जा सकते हैं।

इंसान जब सो जाता है तो पूरा ब्रह्माण्ड उसमें समा जाता है। इस सत्य के पीछे का गूढ़ अर्थ भी गुरु कृपा से हासिल होता है।

इंसान खुद को शरीर मानकर ही जीता है। वह अपने बाहरी रंग रूप को ही ज़्यादा महत्त्व देता है। परंतु यह एक धोखा है। जिन्होंने 'मैं कौन हूँ? शरीर क्या है?' यह जान लिया और इसकी दृढ़ता पर काम किया, वे बाहरी रंग-रूप में नहीं अटके। यह ज्ञान हमें गुरु द्वारा प्राप्त होता है। जब हम खुद को जानने लगते हैं तब हमारी आभा बढ़ने लगती है।

गुरु के मनोशरीर यंत्र (शरीर) की यही तो भूमिका है। गुरु को देखकर हमें पता चलता है कि अव्यक्तिगत जीवन संभव है... मुक्ति, मोक्ष प्राप्ति संभव है... सदा खुश रहा जा सकता है। गुरु के जीवन को देखनेभर से हमारे अंदर परिवर्तन आने लगता है। जब हम किसी को सत्य में स्थापित होकर, आनंदित जीवन जीते हुए देखते हैं तो यकीन कर पाते हैं। गुरु के मनोशरीर यंत्र की भूमिका इसलिए तो है ताकि लोग यकीन कर पाएँ और उनकी दृढ़ता बढ़े कि 'हाँ यह हो सकता है, यह संभव है।' भले ही गुरु हमसे कुछ न कहें, सिर्फ उनका जीवन देखने को मिले तो भी हमारी दृढ़ता बढ़ती है।

हमें जल्दी यकीन नहीं आता कि आज के युग में भी सदा खुश रहा जा सकता है क्योंकि हम देखते हैं कि चारों तरफ लोग दुःखी हैं, नकारात्मक बातें

कर रहे हैं। हमारे चारों ओर जो चल रहा है, उस पर ही यकीन आता है। हम उसे ही सत्य समझने लगते हैं। तथ्य को, वहम को ही सत्य समझने लगते हैं। ऐसे में कोई तो ऐसा हो, जिसकी उपस्थिति से हमें यह विश्वास आ जाए कि जीवन जीने का सरल परंतु शक्तिशाली तरीका भी है।

इंसान खुलकर-खिलकर जीवन जीना जानता ही नहीं। उसका जीवन एक दायरे में सिमटकर रह जाता है। जब गुरु जीवन में आते हैं तो उसे बताते हैं, 'खुल जा सिम-सिम, तुम्हारी पहुँच ब्रह्माण्ड के पार तक है।' गुरु हमारे भीतर के विश्वास को जगाते हैं, उसे एक विस्तृत स्वरूप देते हैं।

वे हमें अपने असली स्वरूप की पहचान करवाते हैं और विश्वास दिलाते हैं कि

''विश्वास करो कि जो भी शरीर तुम्हें मिला है,
वह तुम्हें तुम्हारा अनुभव करवा सकता है।
विश्वास करो कि इसी शरीर में बुद्धित्व प्राप्त हो सकता है।
इसी शरीर में महावीरता का काम हो सकता है।
इसी शरीर में आध्यात्मिक शक्ति संचित हो सकती है।
तुम्हारे शरीर में इतनी जगह है कि वह आध्यात्मिक
बल इकट्ठा कर सकता है।
विश्वास करो कि अहंकार के समर्पण और भक्ति में ही सच्चा आनंद है।
विश्वास करो कि आत्मानंद (सेल्फ) की अभिव्यक्ति में
प्रेम, आंनद, मौन, साहस, रचनात्मकता जैसे गुण हैं।
विश्वास करो कि सत्य को याद रखने में ही तुम्हारा मंगल है।
विश्वास करो कि तुम जो असल में हो वह अजन्मा है, अमर है।
विश्वास करो कि केवल ईश्वर ही है।''

गुरु तत्त्व का यही आकर्षण, यही विश्वास हमारे जीवन का आधार बनता है और हम अपने जीवन का असली लक्ष्य प्राप्त कर पाते हैं। हमारे पृथ्वी पर आने का उद्देश्य सफल होता है। यही परम उद्देश्य लेकर गुरु हमारे जीवन में

आते हैं।

इस पुस्तक में गुरु-शिष्य की कहानियों द्वारा गुरु के महत्त्व को प्रस्तुत किया गया है। गुरु किस तरह अपने शिष्यों को पग-पग पर मार्गदर्शन देते हैं... उनकी गलतियों को सुधारते हैं... उन्हें शिक्षा और दीक्षा प्रदान करते हैं... उन्हें परखते हैं। यह सब कथाओं द्वारा दर्शाया गया है।

चाहे आप शिष्य हैं या नहीं हैं, इस पुस्तक द्वारा आपके भीतर सत्य प्राप्ति की अदम्य प्यास जगे, यही शुभेच्छा रखते हैं।

...सरश्री

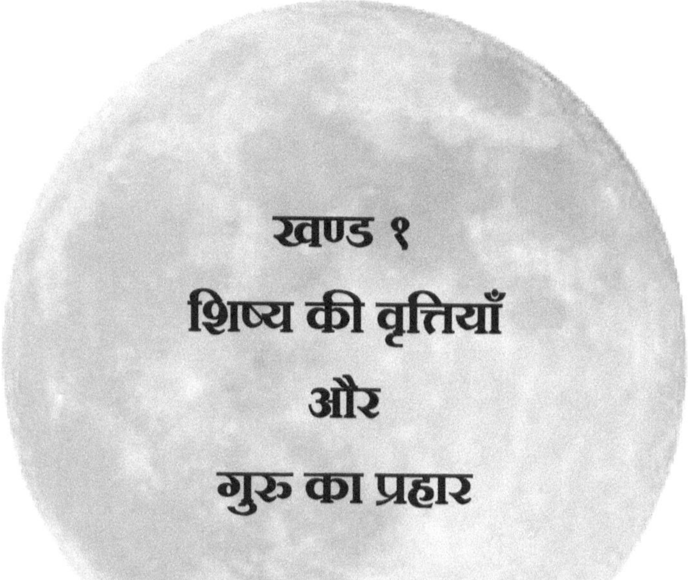

खण्ड १
शिष्य की वृत्तियाँ
और
गुरु का प्रहार

कथन १

नाराज़ क्या जाने राज़!

इंसान के मन में कभी-कभी ईश्वर के प्रति, भक्ति मार्ग के प्रति तरह-तरह की शंकाएँ घर कर जाती हैं। एक बार एक महिला के मन में भी यह शंका उभरी कि 'ज्ञान और सम्मान किसी इंसान को कम मिलता है तो किसी को अधिक। दिव्य दृष्टि भी सभी लोगों को प्राप्त नहीं होती। जबकि ईश्वर के लिए तो हर इंसान उसके बालक समान है, फिर यह भेदभाव क्यों?' यह सोच-सोचकर वह इतनी नकारात्मक हो गई कि उसे हर घटना में बुराई ही दिखाई देने लगी। अपनी शंकाओं का समाधान प्राप्त करने हेतु आखिर वह संत ज्ञानेश्वर के पास पहुँची।

उस महिला ने संत ज्ञानेश्वर से पूछा, 'ईश्वर, इंसानों के साथ भेदभाव क्यों करता है? क्या कारण है कि ईश्वर कुछ खास लोगों को ही दिव्य दृष्टि प्रदान करता है? सभी लोगों को क्यों नहीं? क्या यह भेदभाव नहीं है?'

संत ज्ञानेश्वर ने जवाब देते हुए कहा, 'दिव्य दृष्टि उसी को प्राप्त होनी चाहिए, जो इसके लिए पात्र हो। कुछ ही लोगों को दिव्य दृष्टि देकर ईश्वर भेदभाव नहीं बल्कि न्याय कर रहे हैं।' उनके इस जवाब से महिला बिलकुल भी संतुष्ट नहीं हुई। यह देखकर संत को एक उपाय सूझा।

कुछ दिनों बाद संत ज्ञानेश्वर ने उसी महिला के घर एक ऐसे इंसान को भेजा, जिसे वह नहीं जानती थी। वह इंसान उस महिला के घर पहुँचा और कहने लगा, 'क्या आप मुझे अपने सारे गहने दे सकती हैं? इन्हें मैं एक महीने के बाद आपको लौटा दूँगा।'

महिला ने पूछा, 'तुम कौन हो? मैं तो तुम्हें जानती भी नहीं और अपने कीमती गहने तुम्हें कैसे दे दूँ?' उस इंसान ने महिला से विनती करते हुए कहा, 'ठीक है, सारे गहने नहीं तो केवल एक अंगूठी ही दे दो, मैं वादा करता हूँ कि मैं इसे एक महीने बाद अवश्य लौटा दूँगा।'

बार-बार अजनबी को अपने गहने माँगते देख वह क्रोधित हो उठी। क्रोधपूर्वक उस इंसान को धमकाते हुए उसने कहा, 'यहाँ से भाग जाओ वरना मैं थानेदार से तुम्हारी शिकायत कर दूँगी।'

उस इंसान ने संत ज्ञानेश्वर के पास आकर इस घटना का पूरा ब्योरा दिया। उसके अगले ही दिन संत ज्ञानेश्वर उस महिला के पास गए और उससे विनती करने लगे, 'माँ, मुझे कुछ रुपयों की आवश्यकता है। क्या तुम मुझे अपने सारे गहने दे सकती हो? मैं ये सारे गहने चार दिन बाद तुम्हें लौटा दूँगा।'

यह सुनते ही महिला ने तुरंत अपने सारे गहने लाकर संत ज्ञानेश्वर को दे दिए और कहा, 'केवल चार दिन ही क्यों! आप इन गहनों को चार महीने भी रख सकते हैं। मुझे आप पर पूरा भरोसा है। मैं धन्य हो जाऊँगी कि मुझे आपकी सेवा का मौका मिला।' उसकी यह बात सुनते ही संत ज्ञानेश्वर ने कहा, 'कल तो तुम उस इंसान को अपने गहने देने से इनकार कर रही थी और आज मुझे बेझिझक देने को तैयार हो! ऐसा क्यों?'

इस पर महिला ने कहा, 'प्रभु, आप तो ईश्वर के भक्त हैं, जबकि उस इंसान को तो मैं जानती भी नहीं। उस पर कैसे विश्वास कर सकती हूँ?'

तब संत ज्ञानेश्वर ने महिला से कहा, 'माँ, अब तुम ही कहो, यदि तुम अपनी भौतिक वस्तुएँ एक अनजान इंसान को नहीं दे सकती तो ईश्वर से ऐसी अपेक्षा क्यों? दिव्य दृष्टि जैसा अमूल्य ज्ञान वह सभी को कैसे दे सकता है?' इस प्रकार संत ज्ञानेश्वर ने महिला के सामने रहस्य उजागर किया।

उन्होंने उस महिला को समझाते हुए कहा, 'जब तक ''मैं'' का भाव इंसान के अंदर बना रहेगा तब तक वह ईश्वर के लिए अनजान ही रहेगा। हमें दिव्य दृष्टि तभी प्राप्त होती है जब हम ईश्वर के प्रति पूर्ण रूप से समर्पित हो जाते हैं।' संत ज्ञानेश्वर से ज्ञान व समझ पाकर वह महिला भावविभोर हो गई।

शिष्य उपनिषद्

नाराज़ क्या जाने राज़! जो लोग ईश्वर से नाराज़ रहते हैं, उन्हें कभी भी ईश्वरीय ज्ञान प्राप्त नहीं होता। नास्तिक, ईश्वर से नाराज़ होकर उनकी शिकायतों में ही डूबा रहता है, 'ईश्वर ने ऐसा क्यों बनाया? ईश्वर ने वैसा क्यों बनाया? ईश्वर ने मुझे यह नहीं दिया... ईश्वर ने मुझे वह नहीं दिया...।' इस तरह शिकायतों में उलझकर वे जीवन में नकारात्मकता को बढ़ावा देते रहते हैं। इसी कारण वे ईश्वर के करीब पहुँच ही नहीं पाते। साथ ही वे अपनी नाराज़गी को इतना अधिक तूल दे देते हैं कि समझाने पर भी वे इन बातों का रहस्य समझने को तैयार नहीं होते। इसीलिए 'नाराज़ क्या जाने राज़' वाली बात उन पर बिलकुल खरी उतरती है। बहुत बार ऐसा होता है कि इंसान नाराज़गी में अपने ही पैरों पर कुल्हाड़ी मार बैठता है। इस बात को निम्न उदाहरण से समझें।

दो गहरे मित्र थे। उनमें से एक का विवाह होने जा रहा था लेकिन किसी कारणवश दूसरा मित्र उसके विवाह में सम्मिलित न हो पाया। अपने मित्र को उपहार देने के लिए उसने घर-गृहस्थी से संबंधित बहुत ही अच्छी पुस्तकें खरीदीं, जिसमें अच्छी गृहस्थी किस तरह चलाई जाए... गृहस्थ आश्रम में सामने आनेवाली समस्याओं को आसानी से किस प्रकार सुलझाया जाए... ऐसे विषय थे जो उसके घर-परिवार को सुनियोजित ढंग से चलाने में सहयोगी साबित होते। उसने उन पुस्तकों को संकलित कर किसी प्रकार अपने मित्र को भेंटस्वरूप भिजवाया।

जिसकी शादी हुई थी वह तो अपने मित्र के विवाह में न आने के कारण

बहुत दुःखी और नाराज़ था। इसी नाराज़गी में उसने उन पुस्तकों को पढ़ना तो दूर, खोलकर भी नहीं देखा। उसने मित्र को संदेश भिजवाया, 'तुम मेरी शादी में नहीं आए इसलिए मैं तुम्हारी दी हुई पुस्तकें भी नहीं पढूँगा। तुम खुद आकर इसे मुझे भेंट करते तो बात कुछ और होती।' इस तरह उसने हाथ में आया हुआ उत्तम ज्ञान और अच्छा मौका, सब गँवा दिया। साथ में अपना नुकसान भी कर लिया।

लोग बहुत कुछ मिलने पर भी उसे नज़रअंदाज़ कर देते हैं। छोटी-छोटी चीज़ों के लिए वे यही कहते हैं, 'मुझे तो यह चाहिए था, वह नहीं... मेरे लिए यह नहीं किया गया... वह नहीं किया गया...।' जबकि ये छोटी-मोटी इच्छाएँ कभी न कभी भविष्य में पूरी होने ही वाली थीं। शिकायतों के चलते वह मित्र सामने आए मौके को पहचान नहीं पाया। वास्तव में यह मौका उसे एक महत्वपूर्ण ज्ञान या जीवन का सबक प्रदान करनेवाला था।

ईश्वर ऐसी ही शिकायतों के कारण इंसान को बिना पात्रता के ज्ञान नहीं देता। क्योंकि जब तक इंसान स्वयं ज्ञान लेने के काबिल नहीं होता तब तक वह उसका महत्त्व भी नहीं समझ पाएगा। जब शिष्य की ज्ञान लेने की पात्रता तैयार होती है तब गुरु को आना ही पड़ता है। और जब भक्त की पात्रता तैयार हो जाती है तब ईश्वर को आना ही पड़ता है। ईश्वरीय अनुभव प्राप्त करने के लिए ईश्वर पर विश्वास और ग्रहणशीलता आवश्यक है। शिकवे-शिकायतों से मुक्त होकर यदि दृढ़ विश्वास के साथ ईश्वर से ईश्वर की माँग करेंगे तो वे अवश्य मिल जाएँगे।

कभी-कभी जब हम गलत कार्य करनेवाले लोगों को ऐशो-आराम का जीवन जीते हुए देखते हैं तो हमें भ्रम होता है। हम सोचने लगते हैं कि ईश्वर ने ऐसे इंसान को तो सुख-सुविधा प्रदान की है और हम सत्य के मार्ग पर चल रहे हैं फिर भी हमारा जीवन कष्टकारी है। हम तरह-तरह के अनुमान लगाते हैं। यह हमारा अधूरा ज्ञान ही तो है कि हम सत्य को पकड़ ही नहीं पाते। जैसे किसी इंसान को कार में ठाट से बैठे देखकर हम यह अनुमान लगाते हैं कि वह तो बेहद सुखी इंसान है। हमें उसके आंतरिक कष्ट और दुःख दिखाई ही नहीं देते हैं कि वह कितने शारीरिक कष्ट और और मानसिक तनाव से घिरा हुआ है। ऐसी अवस्था सन्मार्ग पर न चलने के कारण ही होती है।

इस अज्ञान के परदे को हटाकर जब ज्ञान के मार्ग पर चलकर देखेंगे तो समझ पाएँगे कि हमारा यह अनुमान कितना गलत है। हमें सिर्फ निश्चल भाव से अपने कार्य करते हुए सत्य के मार्ग पर आगे बढ़ते रहना है। दिव्य दृष्टि तो ईश्वर स्वयं ही हमें प्रदान करेंगे।

कथन २

थोड़ा मगर आज

एक बार की बात है। एक गुरुकुल में कई शिष्य ज्ञान प्राप्त कर रहे थे। वहाँ पर एक शिष्य अपने गुरु का बहुत आदर-सम्मान किया करता था। गुरु भी अपने इस शिष्य से बहुत स्नेह करते थे लेकिन वह शिष्य अपने अध्ययन के प्रति आलसी और दीर्घसूत्री (विलंबी) था। वह सदा स्वाध्याय से दूर भागने की कोशिश करता था तथा आज के काम को कल पर टाल देता था। वह किसी भी कार्य के प्रति शीघ्र निर्णय नहीं लेता था और यदि ले भी लेता तो उसे कार्यान्वित नहीं कर पाता था। यहाँ तक कि कुदरत के प्रति भी वह सजग नहीं रहता था और न ही कुदरत द्वारा दिए गए सुअवसरों का लाभ उठाने की कला में निपुण था।

आलस्य में इंसान को अकर्मण्य बनाने का पूरा सामर्थ्य होता है। ऐसा इंसान बिना परिश्रम के ही फल पाने की कामना करता है। गुरुजी अपने इस शिष्य के

लिए चिंतित रहने लगे कि कहीं वह जीवन संग्राम में पराजित न हो जाए। उन्होंने मन ही मन अपने शिष्य के कल्याण हेतु एक योजना बनाई।

एक दिन गुरुजी ने शिष्य के हाथ में एक काले पत्थर का टुकड़ा देते हुए कहा, 'मैं दो दिन के लिए दूसरे गाँव जा रहा हूँ। यह जादुई पत्थर का टुकड़ा तुम्हें सौंपकर जा रहा हूँ। इस पत्थर से तुम जिस भी लोहे की वस्तु को स्पर्श करोगे, वह स्वर्ण में परिवर्तित हो जाएगी। मगर याद रहे कि दूसरे दिन सूर्यास्त के पश्चात मैं यह पत्थर तुमसे वापस ले लूँगा।'

शिष्य इस सुअवसर को पाकर बहुत प्रसन्न हुआ और सोचने लगा कि 'इससे तो मैं बहुत सारा सोना प्राप्त कर लूँगा। फिर जीवनभर आराम से रहूँगा।' लेकिन आलसी होने के कारण उसने पहला दिन यह कल्पना करते-करते ही बिता दिया कि उसके पास बहुत सारा स्वर्ण होगा, तब वह कितना प्रसन्न, सुखी, समृद्ध और संतुष्ट रहेगा। उसके पास इतने नौकर-चाकर होंगे कि उसे पानी पीने के लिए भी उठना नहीं पड़ेगा।

दूसरे दिन प्रातःकाल जागने पर उसे अच्छी तरह से स्मरण था कि यह स्वर्ण पाने का दूसरा और अंतिम दिन है। उसने मन ही मन सोच लिया कि आज वह गुरुजी द्वारा दिए गए काले पत्थर का लाभ अवश्य उठाएगा। उसके लिए वह बाज़ार से लोहे की बड़ी-बड़ी वस्तुएँ खरीदकर लाएगा और उन्हें स्वर्ण में परिवर्तित करेगा।

दिन बीतता गया मगर वह इसी सोच में बैठा रहा कि अभी तो बहुत समय है, कभी भी बाज़ार जाकर सामान ला सकता हूँ। थोड़ा दिन चढ़ा तो उसने सोचा कि 'अब तो दोपहर का भोजन करने के पश्चात ही सामान लेने निकलूँगा।' दोपहर का भोजन करने के बाद उसकी विश्राम करने की आदत थी इसलिए उठकर मेहनत करने के बजाय उसने थोड़ी देर आराम करना उचित समझा। आलस्य से परिपूर्ण उसका शरीर जल्द ही गहरी नींद में शिथिल हो गया।

जब वह सोकर उठा तो सूर्यास्त होने को था। अब वह जल्दी-जल्दी बाज़ार की तरफ भागने लगा लेकिन रास्ते में ही उसे गुरुजी मिल गए। उन्हें देखते ही वह उनके चरणों में गिर पड़ा और जादुई पत्थर को और एक दिन अपने पास रखने के लिए प्रार्थना करने लगा। परंतु गुरुजी नहीं माने और उस शिष्य का धनी होने का सपना चूर-चूर हो गया।

इस घटना से शिष्य को एक बहुत बड़ी सीख मिल गई। उसे अपने आलस्य पर पछतावा होने लगा। वह समझ गया कि आलस्य उसके जीवन के लिए एक अभिशाप है। उसने प्रण किया कि अब वह कभी भी काम से जी नहीं चुराएगा और एक कर्मठ, सजग और सक्रिय इंसान बनकर दिखाएगा।

जीवन में सभी को एक से बढ़कर एक अवसर मिलते रहते हैं मगर कई लोग इन्हें आलस्य के कारण गँवा देते हैं। इसलिए यदि आप सफल, सुखी, भाग्यशाली, धनी अथवा महान बनना चाहते हैं तो आलस्य को त्यागकर, अपने अंदर विवेक, श्रम और सतत जागरुकता जैसे गुणों को विकसित करें। जब कभी आपके मन में किसी आवश्यक काम को टालने का विचार आए तो तुरंत स्वयं से एक प्रश्न करें, 'आज और अभी क्यों नहीं?'

शिष्य उपनिषद्

तीन तरह के लोग होते हैं, तमोगुणी, रजोगुणी और सत्वगुणी। तमोगुणी हर कार्य को कल पर टालते हैं। रजोगुणी सभी कार्य आज ही कर लेना चाहते हैं। मगर हमें सत्वगुण की ओर बढ़ना है और कार्य को छोटे-छोटे भागों में बाँटकर आज से ही थोड़ा-थोड़ा कार्य शुरू करना है। सत्वगुणी थकने से पहले ही आराम करता है और सुस्ती आने से पहले काम करता है। यह संतुलन अगर रखा जाए तो शरीर, मन, बुद्धि स्वस्थ रहेगी। वरना लोग पहले थक जाते हैं, फिर आराम करते हैं। जबकि थकने से पहले शरीर को आराम मिलना चाहिए और सुस्ती जागृत होने से पहले काम करना चाहिए।

पृथ्वी पर आया हर इंसान बहुत कुछ पाना चाहता है। वह एक सुखी, समृद्ध और सफल जीवन जीना चाहता है। इसके लिए वह पहले बड़ी-बड़ी कल्पनाएँ करता है, फिर उन्हें पूरा करने के लिए योजनाएँ बनाता है और फिर उन्हें क्रियान्वित करता है। मगर कुछ इंसानों की उड़ान कल्पनाओं और योजनाओं तक ही सीमित रहती है। कार्य करने का समय आने पर वे पीछे रह जाते हैं और उनका जीवन असफलता की कहानी बनकर रह जाता है।

इंसान की असफलता के पीछे जिस विकार का सबसे बड़ा हाथ होता है, वह है तम यानी तमोगुण, आलस्य, सुस्ती, अति निद्रा, तंद्रा...। एक सुस्त इंसान देख रहा होता है कि सब काम पड़े हैं, यह होना है, वह होना है... बिस्तर छोड़कर उठना है मगर उस पर ऐसी सुस्ती हावी रहती है कि वह चाहकर भी

क्रियाशील नहीं हो पाता। फिर उसे काम न होने का अपराधबोध आता है, फिर भी वह क्रियाशील नहीं होता। उसका तमोगुणी मन काम न कर पाने के अनेक कारण खोज निकालता है और अपराधबोध से कुछ देर के लिए मुक्त होकर खुश हो जाता है।

आलसी इंसान जब कोई कार्य अपने हाथ में लेता है तो सोचता है कि 'अभी तो बहुत समय है, बाद में कर लेंगे। आज जो समय उसके पास है, उसका उपयोग वह नहीं करता। वह श्रम से पलायन करना चाहता है। ऐसे तमसभरे लोगों का मंत्र है, 'आज करे सो कल करे, कल करे सो परसों, ऐसी भी क्या जल्दी है, जब जीना है बरसों।' मगर वे यह नहीं जानते कि जीवन हर पल विकास की ओर बढ़ रहा है।

पलायन करते रहने से यह एक आदत सी बन जाती है। मन यह विचार करने लगता है कि हम काम से बच गए मगर अंतर्मन यह मनन नहीं कर पाता कि पलायन करने से या बहाना बनाने से कार्य तो हुआ ही नहीं। कार्य से भागने पर कार्य समाप्त नहीं होते बल्कि और बड़े रूप में सामने आ जाते हैं।

मनन करें और पलायन का कारण समझने का प्रयत्न करें कि कहीं हम अपनी कमियों के कारण तो पलायन नहीं कर रहे हैं? अपनी किसी कमी के कारण तो कार्य न करने के बहाने नहीं बना रहे हैं? जैसे, तमोगुणी काम न करने पर कहेगा कि 'मैं तो काम करना चाहता था लेकिन लैपटॉप बंद हो गया... आज अचानक बिजली चली गई थी... आज मेरी तबीयत खराब थी... आज मैं देर से उठा क्योंकि रात में सोने के लिए देर हो गई थी...' वगैरह वगैरह।

'थोड़ा मगर आज' यह मंत्र हमें जागृत करता है और कार्य को समय से पहले समाप्त करने की प्रेरणा देता है। 'थोड़ा मगर आज' से हम तमोगुण से आज़ादी पा सकते हैं। जीवन में सफलता प्राप्त करने का यह एक अनोखा और सबसे सरल तरीका है।

कार्य को निर्धारित समय में पूर्ण करना आवश्यक है। सभी को यह मंत्र दोहराना चाहिए, 'काल करे सो आज कर, आज करे सो अब। पल में परलय होएगी, बहुरि करेगो कब।'

आपके भीतर छिपा अतिरिक्त तमोगुण न सिर्फ सांसारिक उन्नति में बाधा बनता है बल्कि यह आध्यात्मिक उन्नति में भी बहुत बड़ी रुकावट है क्योंकि

यह आपको ध्यान में नहीं बैठने देता। यह विचारों और कोरी कल्पनाओं को चलायमान रखता है। तमोगुणी वृत्ति संस्कार में आ जाती है, जिस कारण से यह न सिर्फ पृथ्वी के जीवन (पार्ट वन) पर नकारात्मक असर डालती है बल्कि मृत्यु उपरांत जीवन (पार्ट टू) में भी आपके साथ बनी रहती है। इसलिए आपको इसी जीवन में तमोगुण से मुक्त होना है ताकि इस जीवन के साथ-साथ आगे की यात्रा में भी बाधा न आए।

कथन ३

तमोगुण पर विजय

सुस्त इंसान के लिए गुरु चाबुक है, रजोगुणी के लिए गुरु है अल्प विराम और सत्वगुणी इंसान के लिए गुरु आइना है। गुरु पहले शिष्य के शरीर एवं मन के स्वभाव को परखते हैं कि वह रजोगुणी, तमोगुणी या सत्वगुणी है। वहीं मन के स्वभाव में यह परखा जाता है कि उसका मन ईमानदार (सत), महत्वाकांक्षी (रज) या अहंकारी (तम) है। इसके बाद गुरु उसे उसकी गीता के अनुसार निर्देश देकर, आगे बढ़ने का मार्ग बताते हैं। यह गुरु कृपा है। ऐसी कृपा होते ही शिष्य बड़ी सहजता एवं शीघ्रता से अपने लक्ष्य तक पहुँचता है। यही है गुरु का महत्त्व।

आइए, एक कहानी द्वारा जानते हैं कि कैसे गुरु कृपा से एक शिष्य तमोगुण

से मुक्त होता है।

गुरु धौम्यऋषि के आश्रम में शिष्य उपमन्यु शिक्षा-दीक्षा प्राप्त कर रहा था। उसकी गुरु सेवा तथा गुरु भक्ति प्रशंसनीय थी। उपमन्यु बेहद समर्पित शिष्य था किंतु उसके अंदर एक बुराई भी थी। उसे बहुत अधिक भोजन करने की आदत पड़ चुकी थी। भोजन उसके लिए एक व्यसन सा बन चुका था। गुरुजी उपमन्यु की भोजन के प्रति बढ़ी लालसा वृत्ति पर अंकुश लगाना चाहते थे।

गुरु धौम्यऋषि ने उपमन्यु को गौमाता की सेवा का कार्य सौंपा हुआ था। गायों के चरने के लिए चारागाह, आश्रम से बहुत दूरी पर था। गायों के समूह के साथ उपमन्यु सवेरे-सवेरे ही आश्रम छोड़ देता और शाम को अंधेरा होने पर ही लौटकर आश्रम आता था। आश्रम से बाहर रहने की इस लंबी अवधि में गुरुजी उसे खाने के लिए बहुत कम भोजन देते थे। उपमन्यु जब उस थोड़े से भोजन से तृप्त नहीं होता और भूख से व्याकुल हो जाता तो आसपास के घरों से भिक्षा माँगकर अपनी उदर पूर्ति कर लेता था।

गुरुजी ने देखा, कम भोजन देने के बावजूद उपमन्यु पहले की ही तरह हृष्ट-पुष्ट है। उन्होंने उपमन्यु से पूछा, 'प्रिय उपमन्यु! आश्रम से तुम्हें गौएँ चराने के लिए भेजा जाता है। साथ में दोपहर का भोजन भी होता है। मगर दोपहर बाद तक इतने से भोजन से कैसे गुज़ारा कर लेते हो?' इस पर उपमन्यु ने उत्तर दिया, 'गुरुजी! साँझ होते-होते मुझे बहुत तेज़ भूख लगती है। तब मैं आसपास के घरों से भिक्षा माँग लेता हूँ। भिक्षा में मिले अन्न से अपनी क्षुधा शांत कर लेता हूँ।'

गुरुजी ने उसे समझाया कि 'वत्स! तुम्हें ऐसा नहीं करना चाहिए। शिष्यधर्म यह नहीं सिखाता है। पहले तुम्हें भिक्षा में मिले अन्न को गुरु के पास लाना चाहिए। जब उसमें से गुरु खाने के लिए कुछ दें तभी खाना चाहिए। यही सच्चा शिष्यधर्म है।'

उस दिन के बाद उपमन्यु ने शिष्यधर्म का पालन करना ही उचित समझा। किंतु शाम होते-होते वह भूख के मारे परेशान हो उठता था। तब वह बछड़ों को

दूध पिलाती हुई गायों के स्तनों से बाहर गिरनेवाला दूध पीकर अपनी भूख मिटाने लगा। जब गुरुजी को यह मालूम पड़ा तब उन्होंने उपमन्यु को ऐसा करने से भी मना कर दिया।

अब तो उपमन्यु भोजन की कमी के कारण बहुत ही दुर्बल (कमज़ोर) होता जा रहा था। फिर एक दिन वह भूख को अधिक सहन नहीं कर पाया। उसने आस-पास देखा, एक पौधे में से दूध जैसा सफेद द्रव निकल रहा था। उपमन्यु उसे दूध समझकर पी गया। दरअसल, वह आक का विषैला पौधा था। उस विषैले सफेद द्रव को पीने से उपमन्यु की आँखों की रोशनी चली गई, वह अंधा हो गया। शाम होने पर जब वह गायों को लेकर वापस आश्रम लौट रहा था तो उसे कुछ भी दिखाई नहीं दे रहा था। रास्ता दिखाई न देने के कारण वह एक कुएँ में गिर पड़ा। गौएँ तो अपने हर दिन के अभ्यास अनुसार आश्रम पहुँच गईं पर शिष्य उपमन्यु आश्रम नहीं पहुँच सका।

धौम्यऋषि ने जब यह दृश्य देखा तब वे चिंतित हो उठे और अपने कुछ शिष्यों को साथ लेकर, जंगल में उपमन्यु की खोज में निकल पड़े। वे जंगल में जोर-जोर से उसे पुकार रहे थे, 'उपमन्यु! उपमन्यु! वत्स, तुम कहाँ हो?'

गुरुजी की आवाज़ पहचानकर उपमन्यु ने कुएँ के भीतर से जवाब दिया, 'गुरुजी, मैं यहाँ हूँ। मुझे कुछ भी दिखाई नहीं दे रहा था इसलिए मैं इस कुएँ में गिर गया हूँ।' गुरुजी ने शिष्यों की सहायता से उपमन्यु को कुएँ से बाहर निकाला। उपमन्यु ने सारी कहानी ज्यों की त्यों गुरुजी को सुना दी। गुरु धौम्यऋषि अपने शिष्य की परम गुरुभक्ति और सत्यनिष्ठा से द्रवित हो गए।

गुरुजी ने उपमन्यु को देवताओं के वैद्य अश्विनीकुमारों का आवाहन करने के लिए कहा। उन मंत्रों का पाठ करने मात्र से उपमन्यु को उसकी खोई हुई दृष्टि फिर से प्राप्त हो गई। गुरु की कृपा से उसे समस्त शास्त्रों का ज्ञान और विवेक आशीर्वादस्वरूप मिल गया।

शिष्य उपनिषद्

इंसान में तीन गुणों की श्रेणियाँ प्रधान होती हैं। जन्म से ही हर इंसान में कोई भी एक गुण प्रधान होता है। फिर चाहे वह शिष्य ही क्यों न हो? ये तीन श्रेणियाँ हैं– तम, रज और सत। शिष्य का गुरु के प्रति समर्पण उसे तीनों ही गुणों के परे ले जाता है। ज्ञान प्राप्त करने के लिए इन तीनों गुणों (तम, रज एवं सत) के पार जाना परम आवश्यक है। तभी हमारे भीतर आत्मज्ञान का प्रकाश उदित होगा।

शिष्य उपमन्यु की श्रेणी तमोगुण प्रधान प्रकृति की है। तमोगुणी इंसान ठंढा और बासी खाना खाता है इसलिए वह सुस्त और आलसी होता जाता है। ऐसे लोग भूख न लगने पर भी खाना खाते हैं। उनका रक्त प्रवाह हमेशा पेट की ओर ही रहता है, जिससे उन्हें ज़्यादा नींद आती है।

रजोगुणी लोग बहुत भागदौड़ करनेवाले होते हैं। ऐसे लोग खाना भी खाते हैं तो उनके मन में कुछ विचार चलते ही रहते हैं, 'अभी क्या करना है', 'उसके बाद क्या करना है', उन्हें यही चिंता सताती रहती है। रजोगुणी कम खाते हैं ताकि उन्हें ज़्यादा नींद न आए। तमोगुणी को नींद से उठने की दिक्कत होती है और रजोगुणी को नींद न आने की। ये लोग समय देखकर खाना खाते हैं, चाहे भूख हो या न हो।

सत्वगुणी इंसान ऐसा खाना खाता है, जिससे उसके शरीर में रक्त का प्रवाह ठीक ढंग से हो। सत्वगुणी की ज़ुबान आहार के प्रति ज़्यादा संवेदनशील होती है। ऐसे लोग संतुलित आहार लेते हैं। सत्वगुणी को जब भूख लगती है, तभी वे भोजन ग्रहण करते हैं।

कुछ सत्वगुणी लोग सहज, सरल जीवन जीते हैं। वहाँ एक ही चीज़ बाधा बन सकती है, 'मुझे सब मालूम है... मुझे सब आता है... मैं दूसरों से श्रेष्ठ हूँ...' उनमें यह भाव आ जाए तो सत्वगुण उसके लिए अभिशाप बन सकता है।

यदि हम सत्वगुणी बनकर, समाधानी होकर आगे बढ़ने के लिए कोई प्रयास नहीं करेंगे तो लक्ष्य प्राप्ति से पहले ही अटक जाएँगे। आपके साथ ऐसा न हो इसलिए आपको रज, तम, सत इन तीनों के परे गुणातीत अवस्था की ओर जाना है।

गुणातीत अवस्था। इस अवस्था में रहकर हर अवस्था का इस्तेमाल किया जा सकता है। इस अवस्था में इंसान को समझ में आता है कि कहाँ पर तमोगुण का इस्तेमाल करना है और कहाँ पर रजोगुण का। जैसे, ध्यान में शरीर को स्थिर रखकर बैठना होता है तो वहाँ तमोगुण का इस्तेमाल किया जा सकता है। नींद में जाने के लिए भी तमोगुण का इस्तेमाल किया जा सकता है। कार्य को अंजाम देना है या किसी कार्य के लिए आप प्रतिबद्ध हैं तो वहाँ पर रजोगुण का उपयोग करना चाहिए।

जब आप गुणातीत अवस्था में होते हैं तब तमोगुण, रजोगुण अथवा सत्वगुण को सूँघने पर भी आप उसमें अटकते नहीं हैं। गुणातीत को इंद्रियातीत हो जाना भी कहा जा सकता है। इसका मतलब है कि अब कोई प्रलोभन आपको रिझा नहीं सकता, डरा नहीं सकता। यह इंद्रियों के परे की अवस्था है, जिसे गुणातीत अवस्था कहा गया है। सभी गुणों का उपयोग करनेवाला, वास्तव में आप जो हैं, वह गुणातीत अवस्था में है। आज तक अध्यात्म में इसे अलग-अलग नामों से संबोधित किया गया है। जैसे स्वअनुभव, स्टैबिलाइजेशन, आत्मसाक्षात्कार, सत्य, सेल्फ, मोक्ष, फ्री-रिस्क-फ्री, पृथ्वी लक्ष्य, अपना लक्ष्य, निर्विकल्प समाधि, तुरियातीत अवस्था, अर्कातीत अवस्था, कुल-मूल उद्देश्य, अनुभव और अभिव्यक्ति या अंतिम अवस्था।

अलग-अलग नाम देने से अनुभव कभी बदलता नहीं। गुणातीत अवस्था की ओर बढ़ते हुए हर एक को यह जानना आवश्यक है कि वह किस अवस्था में है।

गुरु के प्रति भक्ति, त्याग और समर्पण के द्वारा ही कोई शिष्य गुणातीत बन सकता है। रज, तम, सत इन तीनों गुणों के हटते ही शिष्य, माया के बंधन

से मुक्ति पा लेता है। फिर सांसारिक वस्तुएँ उसे किसी भी प्रकार लुभा नहीं पातीं। लोभ, मोह और माया का त्याग ही हृदय में ज्ञान को प्रबल कर सकता है। जिसे सच्ची गुरुभक्ति से सही मार्गदर्शन प्राप्त हो गया, समझें कि उसने आत्मसाक्षात्कार प्राप्त कर लिया।

यही उपमन्यु के साथ भी हुआ। गुरु कृपा द्वारा तमोगुण से मुक्त होकर शिष्य उपमन्यु ने गुणातीत अवस्था प्राप्त की।

अत: तम, रज और सत इन गुणों से मुक्त होकर आप भी ज्ञान प्राप्त करें और आत्मज्ञानी बनें।

कथन ४

अहंकार की सेवा, एक महँगा सौदा

सिखों के पहले गुरु, गुरु नानक देवजी का जन्म पश्चिम लाहौर के शेखूपुर जिले के एक गाँव तलवंडी में हुआ था। बचपन से ही वे बड़े ऊँचे विचारों के इंसान थे। वे सभी को एक ही नज़र से देखते थे। उनका कहना था कि न कोई हिंदू है न मुसलमान, सभी भगवान के बंदे हैं। वे आपसी भाईचारे का समर्थन और प्रचार किया करते थे। इसलिए वे लोगों में कोई भेदभाव नहीं करते थे। ऊँच-नीच की भावना उनमें रत्तीभर भी नहीं थी।

गुरु नानकजी के पास खेती करने के लिए बहुत अधिक ज़मीन थी। अपनी ज़मीन पर वे खूब मन लगाकर खेती करते थे। एक दिन उन्होंने घास काटकर उसकी गठरी बनाई और अपने पुत्रों से कहा कि वे घास की गठरी ले जाकर घर में रख दें। मगर दोनों पुत्रों ने गठरी उठाने से साफ मना कर दिया और कहा कि 'हम आपके बेटे हैं और गठरी उठाकर ले जाना हमारी शान के खिलाफ होगा।'

तब गुरु नानक ने अपने एक शिष्य से घास की गठरी उठाने को कहा। उनका वह शिष्य किसी ज़माने में बहुत अमीर इंसान था और अपने बीवी-बच्चों सहित रहता था। आध्यात्मिक मार्ग पर चलने के लिए उसने अपने सभी सांसारिक सुखों का त्याग कर दिया था।

'स्वयं गुरु नानकजी ने मुझे कुछ कार्य बताया है' इस विचार से ही शिष्य को बहुत प्रसन्नता हुई। गुरु की आज्ञा का पालन करते हुए बड़ी खुशी के साथ वह घास की गठरी उठाकर गुरु नानकजी के घर की ओर चल पड़ा।

जब गुरु नानक के पुत्रों ने उसे इस तरह का कार्य करते हुए देखा तो उन्होंने उससे कहा, 'तुम तो इतने अमीर खानदान से हो, तुम्हें यह छोटा कार्य करने की क्या आवश्यकता है?' तब शिष्य ने जवाब में कहा, 'ईश्वर को प्रसन्न करने तथा प्राप्त करने के लिए गुरु की आज्ञा का पालन करना बहुत आवश्यक है। मैं वही कार्य कर रहा हूँ। इस कार्य में छोटे-बड़ेवाली बात ही नहीं है क्योंकि यह गुरु का कार्य है इसलिए इसे करना ही चाहिए। किसी ज़माने में मेरे पास सभी सांसारिक सुख-सुविधाएँ थीं परंतु गुरु कृपा नहीं थी। मगर आज मुझ पर मेरे गुरु की कृपा हुई है। गुरु कृपा से बढ़कर मेरे जीवन में और कुछ भी नहीं है। गुरु द्वारा बताया हुआ कोई भी काम करना मेरे लिए बड़े सौभाग्य की बात है। यदि मेरे गुरु मुझे झाडू-पोछा करने के लिए कहते तो भी यह कार्य मैं खुशी से करता।'

शिष्य का जवाब सुनकर गुरु नानकजी के दोनों पुत्र शर्मसार हुए। गुरु नानकजी ने अपने दोनों पुत्रों और उस शिष्य के बीच हुआ वार्तालाप सुना। अपने शिष्य की सेवा भावना देखकर वे बहुत प्रसन्न हुए।

शिष्य उपनिषद्

जब कोई इंसान यह कहता है कि 'मैं तो दूसरों से अलग हूँ... मैं कोई खास व्यक्ति हूँ... मैं तो महान हूँ...' तब वह अपने अहंकार को प्रदर्शित करता है। अहंकार का मतलब ही है, स्वयं को दूसरों से अलग और खास समझना। दूसरों से अलग 'मैं' का एहसास ही अहंकार की जड़ है। जहाँ 'मैं' का भाव समाप्त हो जाता है, वहाँ अहंकार का भी अंत हो जाता है। तब अहंकार का कोई अस्तित्त्व नहीं रह जाता। 'मैं दूसरों से श्रेष्ठ हूँ' इस प्रकार की सोच वहाँ नहीं होती। वहाँ मन की सारी कड़वाहट समाप्त हो जाती है। तब इंसान खुद को कर्ता नहीं, निमित्त के रूप में देखता है। क्योंकि उसे यह स्पष्ट होता है कि वह तो सिर्फ माध्यम है। कर्ता तो ईश्वर है, जो भिन्न-भिन्न लोगों के माध्यम से कार्य कर रहा है।

अगर मन में यह अहंकार है कि 'हम तो आगे चलकर गुरु बननेवाले हैं... ये छोटे-छोटे कार्य हम नहीं करेंगे... अगर हम छोटे-छोटे कार्य करेंगे तो दूसरों के सामने हमारी क्या इ़ज़्ज़त रह जाएगी... हमारे बारे में लोग क्या सोचेंगे...' वगैरह-वगैरह। ऐसे लोग सत्य का आचरण नहीं करना चाहते बल्कि अहंकार का प्रदर्शन, अहंकार का दिखावा करना चाहते हैं। ऐसे लोग जहाँ कहीं भी जाते हैं, मौका पाते ही अपना नाम लिखकर आते हैं। चाहे वह पेड़ पर हो या दीवार पर। ऐसा करने से उनके अहंकार को संतुष्टि मिलती है क्योंकि उन्हें अपने आप से ज़्यादा प्रेम होता है।

अहंकारी सिर्फ अहंकार की सेवा करने की वजह से आगे की सच्चाई न देख पाता है और न सुन पाता है। वह अपने पाँव पर कुल्हाड़ी मारने से भी नहीं हिचकिचाता। अहंकार, सुविधा और मौका चाहता है। अहंकार की सेवा करने के कारण अहंकारी महँगा सौदा कर लेते हैं। क्योंकि अपने अहंकार को बचाने के चक्कर में वे सत्य की राह से भटक जाते हैं।

असल में तो जब-जब अहंकार गुरु चरणों में समर्पित होता है तब-तब पात्रता तैयार होती है, ज्ञान मिलता है। अहंकार नष्ट हुए बगैर सत्य प्रकट नहीं हो पाता। इसी अहंकार को झुकाने हेतु ज़िंदा गुरु की ज़रूरत होती है। गुरु के सम्मुख अहंकार की कुछ नहीं चलती, उसे झुकना ही पड़ता है। जिसके लिए गुरु पर श्रद्धा होना बहुत ज़रूरी है। श्रद्धा के कारण ही पूर्ण समर्पण हो पाता है।

कथन ५

अहंकार रहित न्योता

एक दिन एक राज्य का गवर्नर झेन गुरु से मिलने उनके आश्रम पहुँचा। आश्रम के दरवाज़े पर खड़े सेवक ने उन्हें रोककर पूछा, 'कृपया बताएँ कि आप किससे मिलना चाहते हैं?'

गवर्नर ने कहा कि 'मैं गुरुजी से मिलना चाहता हूँ। वे मुझे जानते हैं। मैं आपको एक पर्ची पर अपना नाम लिखकर देता हूँ। वह पर्ची गुरुजी को दे देना ताकि उन्हें पता चले कि उनसे मिलने कौन आया है।' इतना कहकर गवर्नर ने एक पर्ची लिखी। जिसमें लिखा था – 'मैं फलाँ राज्य का गवर्नर श्रीमान पद्मश्री फलाँ-फलाँ सिंग हूँ। आपसे मिलना चाहता हूँ।'

सेवक ने वह पर्ची गुरुजी तक पहुँचाई। गुरुजी ने पर्ची पढ़कर सेवक के हाथ में वापस थमाते हुए कहा, 'इस इंसान को मैं नहीं जानता। जाओ जाकर उनसे

कह दो कि मुझे उनसे नहीं मिलना है।'

सेवक ने वह पर्ची गवर्नर के हाथ में थमाते हुए गुरुजी का संदेश भी सुना दिया। गुरुजी का संदेश सुनकर गवर्नर को एक झटका सा लगा। उसके चेहरे पर क्रोध और आश्चर्य के मिले-जुले भाव प्रकट हुए। वह सोचने लगा कि गुरुजी तो मुझे जानते हैं, फिर वे झूठ क्यों बोल रहे हैं?

गुरुजी के अतार्किक जवाब सुनकर अकसर शिष्य के मन में उनके प्रति शंका उभरती है। क्योंकि शिष्य जानता ही नहीं कि उसे वैसा जवाब क्यों दिया गया है, उस जवाब के पीछे क्या संदेश छिपा है। जैसे-जैसे लोग आध्यात्मिक राह पर आगे बढ़ते हैं तो अलग-अलग समय पर उन्हें अलग-अलग विचार आते हैं। जैसे, गुरु होकर उन्होंने मेरी तरफ देखा ही नहीं... मैं इतना दूर से आया लेकिन मेरी ओर ध्यान ही नहीं दिया... गुरु होकर ऐसा कैसे कर सकते हैं... आदि।'

बहरहाल कुछ समय पश्चात क्रोध शांत होने पर गवर्नर ने मनन किया। उसे कुछ-कुछ बात समझ में आने लगी। फिर उसने पर्ची में लिखे कुछ शब्द काट दिए। जो शब्द काटे गए वे थे : 'फलाँ-फलाँ राज्य का', अब पर्ची पर लिखा था : 'गवर्नर श्रीमान पद्मश्री फलाँ-फलाँ सिंग।'

गुरुजी ने पर्ची पढ़कर वापस कहा, 'यह कौन है? मैं इन्हें नहीं जानता।'

गवर्नर को जब यह सूचना मिली तो वह फिर सोच में पड़ गया, 'गुरुजी ऐसा क्यों कह रहे हैं? एक राज्य का नेता, सरदार होते हुए भी मेरा कोई महत्त्व नहीं है।' यह विचार आते ही उसे कुछ समझ में आया। उसने पर्ची ली और 'गर्वनर' यह शब्द भी काट दिए। अब पर्ची पर लिखा था : 'श्रीमान पद्मश्री फलाँ-फलाँ सिंग।'

वापस गुरुजी ने पर्ची पढ़कर कहा, 'मैं इन्हें नहीं जानता।'

अब गवर्नर ने 'श्रीमान पद्मश्री' ये शब्द काटकर वापस गुरुजी के पास पर्ची भेज दी।

गुरुजी का जवाब वही था, 'मैं इन्हें नहीं जानता।'

फिर गवर्नर ने 'फलाँ-फलाँ' शब्द काटकर वापस पर्ची भेज दी। अब सिर्फ 'मि.सिंग' ये शब्द उस पर्ची पर थे। इस बार भी पर्ची वापस आ गई तो उसे

महसूस हुआ कि 'शायद मेरा तरीका ही गलत है, मेरी सोच की दिशा ही गलत है। ज़रूर कुछ तो अलग बात है। गुरुजी झूठ नहीं बोलेंगे, कोई तो बात होगी। गुरुजी ने कुछ कहा है तो उसके पीछे ज़रूर कोई कारण है।' जब शिष्य यह बात समझ जाता है तब वह गुरु को सही ढंग से जान पाता है।

अब गवर्नर ने गहराई से मनन किया और सभी शब्द काटकर पर्ची में लिखा, 'मैं कौन हूँ? यह मैं नहीं जानता। आपसे जानना चाहता हूँ।'

अब यह पर्ची जब गुरुजी ने पढ़ी तो उन्होंने तुरंत कहा, 'अरे! मि.सिंग, ये मि.सिंग हैं। ये पद्मश्री हैं, फलाँ-फलाँ राज्य के गवर्नर हैं। मैं इन्हें जानता हूँ। इन्हें तुरंत किंग की तरह यहाँ लेकर आओ क्योंकि मि.सिंग इज़ किंग।'

गुरुजी का यह व्यवहार सेवक को समझ में नहीं आया परंतु आपको समझना है कि आखिर गुरुजी ने मि.सिंग को क्या ज्ञान दिया।

शिष्य उपनिषद्

गुरु से समझ मिलने से पहले गर्वनर की समझ अलग थी। वह खुद को शरीर मानकर, शरीर के साथ चिपके लेबल्स को ही मैं मानकर जी रहा था। पहले गवर्नर कह रहा था कि 'मैं किंग हूँ' मगर गुरुजी कह रहे थे कि 'मैं इन्हें नहीं जानता।' क्योंकि गुरुजी यह भली-भाँति जानते थे कि वहाँ किस समझ से गवर्नर खुद को किंग कह रहा है। इंसान पद, प्रतिष्ठा, धन-दौलत को ही सब कुछ मानकर अहंकार जगाता है। इतिहास में महान राजा सिकंदर के कई कारनामे दर्ज़ किए गए हैं। जैसे उसने यह युद्ध जीती... वह युद्ध जीती... उसकी किसी युद्ध में कभी हार नहीं हुई... आदि। तो क्या सिर्फ पद, प्रतिष्ठा और धन-दौलत प्राप्त करके ही इंसान महान बनता है? गुरु की नज़र में महानता क्या है?

अज्ञानवश इंसान अपने आपको शरीर मान बैठता है जबकि वह शरीर नहीं बल्कि सेल्फ, चैतन्य है। शरीर को तो बैठने के लिए अलग से कुर्सी चाहिए... उसे दूसरों से मान-सम्मान मिलना चाहिए... 'लोगों का ध्यान मेरी ओर हो', ऐसा वह सोचता रहता है। यदि उसके मन मुताबिक नहीं हुआ तो इंसान दुःखी हो जाता है। परंतु जब इंसान सारे लेबल्स को हटाकर गुरु के सामने समर्पित होता है और 'मैं कौन हूँ?' यह जानना चाहता है तो यही गुरु की नज़र में महानता है। अर्थात यह जो ज्ञान, समझ उत्पन्न हुई, यही सत्य की राह पर इंसान को आगे ले जाती है।

जब गवर्नर ने सारे लेबल्स हटा दिए तब गुरुजी ने खुद ही उन्हें किंग की तरह अंदर लाने के लिए कहा। क्योंकि वे जान चुके थे कि अब मि.सिंग सत्य के प्रति ग्रहणशील हो चुके हैं। अब लेबल्स से उनका कोई नुकसान नहीं होनेवाला है।

इंसान ग्रहणशील है तब जो घोषणा होती है, वह महत्त्व की है। वरना इंसान अज्ञान में अपने बारे में जो घोषणा करता है, आगे चलकर उसे पता चलता है कि वह घोषणा ही गलत (बाधा) थी।

कथन ६

क्रोध आपका स्वभाव नहीं

यह कहानी एक खोजी की है, जो अपनी आध्यात्मिक उन्नति के लिए प्रयत्नरत था। इसी उद्देश्य से वह झेन गुरु बॉन्कई के पास शिक्षा प्राप्त करने के लिए गया। गुरु बॉन्कई की शिक्षा से वह बहुत प्रभावित हुआ। उसके अंदर कई सकारात्मक बदलाव भी आए। इसके बावजूद वह कुछ असंतुष्ट सा रहता था। उसकी असंतुष्टि का कारण था, उसके भीतर का क्रोध। वह छोटी से छोटी बात पर भी क्रोधित हो जाता था। अपनी इस बुरी आदत से छुटकारा पाने की वह पूरी कोशिश करता मगर सदा ही नाकामयाब रहता था।

एक दिन उसने अपनी इस परेशानी को गुरु के समक्ष रखा और कहा, 'गुरुजी मेरे अंदर काफी गुस्सा भरा हुआ है। बात-बात पर मैं अत्यधिक क्रोधित हो जाता हूँ। मैं अपनी इस गलत आदत को कैसे दूर करूँ? कृपया आप मेरा

मार्गदर्शन करें।'

गुरुजी ने तुरंत कहा, 'अच्छा! तुम्हारे पास तो बड़ी अजीब चीज़ है, ज़रा मुझे दिखाओ। मैं भी तो देखूँ, वह क्या है?'

खोजी ने हैरान होते हुए कहा, 'गुरुजी, मैं अभी आपको गुस्सा कैसे दिखा सकता हूँ?'

गुरु बॉन्कई ने बड़ी ही सहजता से पूछा, 'अच्छा तो फिर कब दिखा सकते हो?' गुरुजी की बातों से विद्यार्थी की हैरानी बढ़ती ही जा रही थी। उसने कहा, 'गुरुजी, गुस्सा आने का कोई निश्चित समय नहीं है, वह तो अचानक ही आ जाता है।'

अब गुरु बॉन्कई बोले, 'इसका अर्थ यह है कि क्रोध तुम्हारे मूल में नहीं है इसलिए यह तुम्हारा सच्चा स्वभाव और व्यवहार है ही नहीं। अगर वह तुम्हारा मूल स्वभाव होता तो तुम उसे अभी, तुरंत दिखा सकते थे। जब तुम्हारा जन्म हुआ तब तुम्हारे अंदर क्रोध नहीं था, मतलब यह क्रोध तुम्हारा नहीं है। अब तुम जाओ और इस बारे में विचार करो कि यह तुम्हारे अंदर कैसे आया? यह तुम्हारा नहीं है तो इसे तुमने अपने पास क्यों रखा है?'

गुरुजी के कहे अनुसार उस विद्यार्थी ने इन चीज़ों पर मनन किया और उस पर कार्य करके वह क्रोध से मुक्त हो गया। यही है गुरु का महत्त्व।

शिष्य उपनिषद्

क्रोध इंसान के मन के असंयमित होने की अवस्था है। जब किसी असंयमी इंसान को क्रोध आता है तब वह अपशब्द बोलने लगता है। वह जिस पर क्रोधित होता है उसे अपमानित करता है, उस पर चीखता-चिल्लाता है। यहाँ तक कि मारपीट भी करने लगता है। कुछ लोग तो क्रोध प्रकट करने के लिए अपने आस-पास की वस्तुओं को तोड़ने-फोड़ने लगते हैं। जब सामनेवाला उनकी बात नहीं मानता तब वे इसी तरह से नाराज़गी प्रकट करते हैं। ऐसा करने के पीछे उनका यही उद्देश्य होता है कि लोग उनकी बात मान लें। अर्थात दूसरे के द्वारा की गई किसी गलती पर आप स्वयं को सज़ा देते हैं।

यह ज़रूरी नहीं है कि सामनेवाला गलती ही कर रहा हो। हो सकता है कि कोई आपकी बात इसलिए नहीं मान रहा है क्योंकि आपकी बात ही गलत है। मूलत: क्रोध का कारण सामनेवाले का आपकी बात को अस्वीकार करना या खंडन करना होता है। क्रोध करते समय इंसान यह भूल जाता है कि ऐसा करके वह अपने आपको तकलीफ दे रहा है।

इसे समझने के लिए गन्ने की मशीन का उदाहरण लें। गन्ने की मशीन में जब गन्ना डालते हैं तो उसकी मिठास पहले उस मशीन को मिलती है और फिर उसका रस पीनेवाले को। लेकिन अगर उसी मशीन में पत्थर डालें तो पहले नुकसान उसी मशीन का होता है। हमारा शरीर भी उसी मशीन की तरह है। पत्थर अर्थात वह विचार जो आपको क्रोध दिलाता है, जिससे हानि पहले आपके शरीर की ही होगी। क्योंकि इससे हमारा संयम टूट जाता है, मन बेचैन हो जाता है।

जब कोई किसी को गाली देता है तो उसका नकारात्मक असर गाली सुननेवाले पर हो या न हो परंतु गाली देनेवाले पर पहले होता है। क्रोध में दी गई गाली उस इंसान की आंतरिक कमज़ोरी का परिणाम है।

इंसान कभी रुककर यह सोचता ही नहीं कि उसे क्रोध क्यों आता है और क्या इस क्रोध से मुक्ति संभव है?

लोग खाने-पीने को लेकर बहुत कुछ सोचते हैं। जैसे प्याज-लहसुन खाऊँ या नहीं... इस केक में अंडा तो नहीं है... फलाँ दिन खट्टा खाऊँ या नहीं... इत्यादि। मगर जो सोचना चाहिए, वही नहीं सोचते। अपने दिलोदिमाग को कौन सी खुराक दें अर्थात कौन से विचार दें, इसके बारे में बहुत कम लोग सोचते हैं। जैसे हम अपने शरीर के लिए उचित भोजन का विचार रखते हैं वैसे ही अपनी बुद्धि को किस प्रकार की खुराक देनी है, यह भी सोचें। हम अपने अंदर कौन से नकारात्मक विचार डाल रहे हैं, कितने क्रोध के विचार उत्पन्न हो रहे हैं, यह सोचते ही नहीं।

क्रोध को नियंत्रित करना निश्चित ही सरल होगा अगर हम उस ओर सटीक कदम उठाएँ। जैसे ही मन में क्रोध प्रवेश करने लगे तभी उसके बाद होनेवाले परिणामों पर विचार करें। गुस्सा आते ही यह सोचने की आदत डालें कि 'क्रोध

करना नहीं, पढ़ना है। गुस्से के पीछे दरअसल मेरी कौन सी चाहत है जो मैं बचाना चाहता हूँ। मेरे क्रोध के कारण क्या-क्या अनिष्ट हो सकता है?' फिर आप क्रोध करने से पहले ही सजग हो जाएँगे और क्रोध से मुक्ति मिलेगी।

कथन ७

लक्ष्य प्राप्ति में क्रोधरूपी बाधा

यह घटना उस समय की है जब संत सूरदास ईश्वर की खोज में प्रयत्नशील थे। उन्हें आध्यात्मिक ज्ञान प्राप्त करने की उत्सुकता थी। उन्होंने अपने गुरु से प्रार्थना की ताकि वे ईश्वर की खोज व आध्यात्मिक ज्ञान प्राप्ति के लिए उनकी मदद करें।

सूरदास के गुरु उनके क्रोध से भली-भाँति परिचित थे। वे जानते थे कि सूरदास का अपनी इंद्रियों पर वश नहीं है इसलिए वे अपने क्रोध पर नियंत्रण नहीं कर पाते हैं। इसी कारण वे ईश्वर को प्राप्त नहीं कर पा रहे हैं। इसके लिए उन्होंने एक उपाय सोचकर सूरदास से कहा, 'प्रिय सूरदास, मैं तुम्हें आध्यात्मिक ज्ञान दूँगा मगर इसके लिए पहले तुम्हें अपनी हर क्रिया में भगवान का नाम लेते रहना होगा। ऐसा करते हुए जब एक माह बीत जाए तब नदी में स्नान करके मुझसे मिलना। तभी तुम्हारी आध्यात्मिक शिक्षा का आरंभ होगा।'

चूँकि सूरदास को ईश्वर प्राप्ति की बहुत अधिक लगन थी तो अगले ही

दिन से उन्होंने हर कार्य में ईश्वर का स्मरण करना आरंभ किया। प्रतिदिन ऐसा करते-करते जब एक माह बीत गया, उसके पश्चात भोर होते ही वे नदी तट पर गए और वहाँ जाकर स्नान किया। तत्पश्चात नवीन व स्वच्छ वस्त्र पहनकर वे गुरु से मिलने निकल पड़े।

वे जिस मार्ग से आश्रम जा रहे थे, वहीं एक सफाईवाला झाड़ू लगा रहा था। झाड़ू से काफी धूल उड़ने की वजह से सूरदास के उजले वस्त्र मैले हो गए। यह देख सूरदास ने क्रोधित होकर झाड़ूवाले से कहा, 'मूर्ख, यह तुमने क्या कर दिया? अब मुझे फिर से स्नान करके दूसरे वस्त्र पहनने होंगे। इसमें मेरा कितना समय नष्ट हो जाएगा।'

गुरु यह सब देख रहे थे। जब सूरदास दोबारा नहाकर आश्रम पहुँचे तब उन्होंने कहा, 'प्रिय सूरदास, अभी तुम आध्यात्मिक ज्ञान के लिए तैयार नहीं हो। अब तुम दोबारा एक माह तक अपनी हर क्रिया में भगवान का नाम लो, उसके बाद मुझसे आकर मिलना। याद रहे, मिलने से पहले स्नान अवश्य करके आना।' गुरु की आज्ञा स्वीकार करते हुए सूरदास वहाँ से चले गए और फिर से प्रतिदिन अपनी दिनचर्या में ईश्वर का स्मरण करते रहे।

एक माह बीत गया और सूरदास फिर नदी पर स्नान करके आश्रम की ओर चल दिए। इस बार सफाईवाले की गंदी झाड़ू सूरदास को छू गई। इस पर सूरदास ने क्रोध में उसे फिर से डाँट दिया। इस बार भी गुरुजी ने यह सब देखा और उन्हें फिर से एक माह के लिए स्मरण के लिए कहा।

तीसरे माह के अंत में जब सूरदास अपने गुरु से मिलने जा रहे थे तब सूरदास को देखते ही सफाईवाले को याद आया कि कैसे भूल से झाड़ू छू जाने से सूरदास को उस पर क्रोध आया था। उसने देखा कि आज भी सूरदास ने स्वच्छ व नवीन वस्त्र पहने हैं। सूरदास के कुछ भी कहने से पहले ही उसने कूड़े से भरी बाल्टी उठाकर सूरदास के सिर पर पलट दी।

इस बार कुछ आश्चर्यजनक घटा। सूरदास ने हाथ जोड़कर धीमे स्वर में सफाईवाले से कहा, 'तुम्हारा बहुत-बहुत धन्यवाद। तुमने मुझे क्रोध पर नियंत्रण करना सिखाया है इसलिए तुम मेरे गुरु हो।' उनकी यह बात सुनकर सफाईवाला चौंक गया और उसका सिर शर्म से नीचे झुक गया।

सूरदास पूरी तैयारी के साथ आश्रम पहुँचे, वहाँ गुरुजी उनकी राह देख रहे थे। पूरा का पूरा प्रसंग उनके सामने ही हुआ था और वे सूरदास से अति प्रसन्न

थे। उन्होंने सूरदास के इस व्यवहार की बहुत प्रशंसा की। ठीक वैसे ही जैसे एक माँ अपने पुत्र की उपलब्धि पर खुश होकर प्रशंसा करती है। अब वे सूरदास को ईश्वर प्राप्ति के लिए संपूर्ण आध्यात्मिक ज्ञान देने को तत्पर थे।

शिष्य उपनिषद्

हमारे जीवन में भी ऐसी अनेकों घटनाएँ घटती हैं, जिनके कारण हम क्रोधित हो जाते हैं। इससे हमारी वृत्ति उभरकर सामने आती है कि हम अपनी इंद्रियों के वश में हैं या इंद्रियाँ हमारे वश में हैं। उपरोक्त कहानी में भी सूरदास जब पूरा महीना तप करके उत्सुकता में गुरु से ज्ञान लेने जाते थे तब एक झाड़ूवाले के कारण वे क्रोधित हो जाते थे। अर्थात उनके लक्ष्य में क्रोध नामक अनचाही बाधा आ जाती थी। बार-बार क्रोध के कारण उन्हें आध्यात्मिक ज्ञान प्राप्त नहीं हो पा रहा था।

दरअसल गुरुजी का उन्हें क्रोध पर नियंत्रण सिखाने का यह अनोखा ढंग था और आखिरकार वे नियंत्रण कर पाए। इस रहस्य को जानने के बाद सूरदास ने सफाईवाले को भी गुरु माना।

जिस प्रकार सूरदास इस घटना से यह जान पाए कि वे इंद्रियों के वश में जकड़े हुए हैं, इसी कारण क्रोध पर नियंत्रण नहीं कर पा रहे हैं। उसी प्रकार हमें भी इंद्रियों के वश से छुटकारा पाना है। किसी भी अनचाही घटना को अवसर समझकर हम अपनी वृत्तियों को पहचानें और उनसे मुक्ति प्राप्त करें।

कथन ८

भिक्षु तपा की ईर्ष्या

खादुर नामक गाँव में तपा नामक एक भिक्षु रहता था। उस गाँव के लोग भिक्षु तपा का बहुत सम्मान करते थे। उसी गाँव में सिखों के द्वितीय गुरु अंगददेवजी भी निवास करते थे। गुरु अंगददेव एक विख्यात महान संत थे। आसपास के सभी इलाकों में उनका बहुत मान-सम्मान था। हालाँकि भिक्षु तपा भी उस गाँव में सम्माननीय थे किंतु अंगददेवजी के सामने वह सम्मान कम थे।

लोगों के द्वारा अपने से अधिक गुरु अंगददेव को सम्मानित होते देख तपा को बहुत ईर्ष्या होती थी। इसी कारण वह हर समय मौके की तलाश करता रहता था कि कब वह गुरु अंगददेव को नीचा दिखा सके ताकि उसकी प्रतिष्ठा बढ़ पाए। बहुत कोशिशों के बावजूद भिक्षु तपा इस कार्य में सफल नहीं हो पाया।

अचानक खादुर गाँव में सूखा पड़ने के कारण अकाल की स्थिति उत्पन्न

हुई। वर्षा का कहीं भी नामोनिशान नहीं था। तपा ने इसी स्थिति का फायदा उठाना चाहा। उसने गाँवभर में यह अफवाह फैला दी कि जबसे अंगददेव इस गाँव में आया है तभी से ऐसी कठिन परिस्थितियाँ आरंभ हुई हैं। गाँववासियों को भड़काने के लिए तपा ने यहाँ तक कहना आरंभ किया कि 'यदि आप अंगददेव को इस गाँव से बाहर निकाल देंगे तो चौबीस घंटे के भीतर ही मैं यहाँ वर्षा करवा सकता हूँ।'

अकाल की स्थिति में दीन-हीन गाँववासी भिक्षु तपा की बातों में आ गए। उन्होंने गुरु अंगददेव के पास जाकर गाँव छोड़ने का आग्रह किया। अंगददेव एक सच्चे और सरल संत थे इसलिए उन्होंने गाँववासियों की भावना का मान रखा। वे खादुर गाँव से दूर बसे एक गाँव में जाकर रहने लगे।

गुरु अंगददेव के खादुर गाँव छोड़ने के अगले ही दिन सुबह-सुबह बाबा अमरदासजी वहाँ पधारे। बाबा अमरदास बहुत पहुँचे हुए संत थे और दूर-दूर तक उनकी ख्याति फैली थी, कई लोग उन्हें पूजते थे। खादुर गाँव के निवासियों की उन पर बड़ी श्रद्धा थी। बाबा अमरदासजी, गुरु अंगददेवजी की महिमा को पहचानते थे। उन्हें मालूम था कि अंगददेव इसी गाँव में निवास करते हैं किंतु उन्हें वहाँ न पाकर उन्होंने गाँववासियों से पूछताछ की। लोगों ने बाबा अमरदास को पूरी कथा सुनाई कि किस तरह वे गाँव छोड़कर बहुत दूर चले गए हैं। यह बात सुनकर बाबा अमरदासजी बहुत दुःखी हुए और बोले, 'आप लोगों ने गुरु अंगददेवजी के साथ बहुत अन्याय किया है। आपने एक सच्चे गुरु को गाँव से बाहर निकालकर एक झूठे और नकली साधु को अपने पास बसा लिया है।

उसके पश्चात बाबा अमरदासजी ने गाँववासियों को गुरु की सही पहचान बयान की। उन्होंने खादुर के निवासियों से पूछा, 'क्या गुरु अंगददेवजी के जाने के बाद यहाँ वर्षा हुई?' चौबीस घंटे बीत जाने के बाद भी भिक्षु तपा के दावे के अनुसार अब भी वहाँ वर्षा के कोई आसार नहीं थे। इस बात को समझकर खादुर निवासियों की आँखें खुल गईं। उन्हें अपनी भूल पर बहुत पश्चाताप हो रहा था। अब सारा गाँव मिलकर गुरु अंगददेवजी को खोजते हुए उस गाँव में पहुँचा, जहाँ वे रह रहे थे और उनसे क्षमा-याचना की। उन्होंने गुरु के समक्ष खादुर गाँव लौट चलने की प्रार्थना की।

सच्चा संत तो सरल हृदय का होता है, उसे मान-अपमान से कुछ लेना-

देना नहीं होता है। उसे तो केवल लोगों की खुशियों से दरकार होता है। गाँववालों की प्रार्थना को स्वीकार करते हुए गुरु अंगददेव खादुर गाँव वापस लौट आए। जिस दिन गुरु अंगददेव गाँव लौटकर आए उसी दिन गाँव में आसमान बादलों से ढंक गया और मूसलाधार वर्षा होने लगी। गाँव की खुशियाँ फिर से वापस लौट आई।

शिष्य उपनिषद्

इस कहानी से समझें कि बहुत से लोग ईर्ष्या और द्वेष की भावना से लिप्त होकर कोई न कोई अनुचित कार्य कर बैठते हैं। ऐसे लोग अपनी स्थिति से संतुष्ट नहीं होते हैं। उनका असंतोष तब और बढ़ जाता है जब वे सामनेवाले इंसान को संतुष्ट देखते हैं। उसे लगता है कि सामनेवाले के पास जो कुछ भी है वह मेरे पास क्यों नहीं है। मन की यह भावना ईर्ष्या का रूप धारण कर लेती है और जब यही ईर्ष्या और भी प्रबल हो जाती है तब उसमें द्वेष भी समाहित हो जाता है।

ईर्ष्या की भावना यदि उग्र हो तो उस भावना को जो शब्द दिया जाएगा वह अलग ही होगा। बढ़ती हुई ईर्ष्या में इंसान सोचने लगता है कि मुझे कुछ प्राप्त न हो तो भी चलेगा परंतु जो मेरे पास नहीं है वह सामनेवाले को किसी भी प्रकार से हासिल नहीं होना चाहिए। इस अज्ञान के कारण द्वेष की भावना जागृत हो जाती है, जिससे उस इंसान के द्वारा कुछ अपराधिक क्रियाएँ हो जाती हैं।

ईर्ष्या और द्वेष मन के भाव के दो अलग-अलग सिरे हैं, जिनके बीच घृणा और बैर एक पुल का कार्य करते हैं। जिससे इंसान गलतियाँ कर बैठता है।

घृणा से भरा इंसान उस इंसान को अपने सामने देखना भी पसंद नहीं करता जिसके कारण उसके अंदर यह भाव जागृत हुआ है। हालाँकि भिक्षु तपा की जलन के कारण गुरु अंगददेवजी का कुछ नुकसान नहीं हुआ। मगर भिक्षु तपा के मन में यही भावना थी कि 'मैं उस इंसान को अपने सामने देख नहीं सकता। उसके बारे में मन में विचार आनेभर से मैं परेशान हो जाता हूँ।' फिर यह घृणा और बैर भावना की प्रबलता एक नकारात्मक क्रिया के रूप में सामने आ गई। तपा ने अपने मन की घृणा को गाँववासियों के बीच में भी फैलाने का प्रयास किया। परंतु सामनेवाले को नुकसान पहुँचाने की उनकी इच्छा द्वेष के रूप में सबके सामने उजागर हो गई।

इंसान को ये भावनाएँ प्रकृति की तरफ से सुरक्षा के लिए दी गई हैं।

परवरिश, अज्ञान और आसक्ति की वजह से ये भावनाएँ उग्र बनती हैं। इससे पहले कि हर नकारात्मक भावना (विकार) आपके जीवन में उग्र रूप ले, आप इनके प्रति सजग हो जाएँ। यह बात सतत आपके लिए प्रेरणा बने कि सामनेवाले के पास ऐसी कोई चीज़ है, जो मेरे पास नहीं है तो इसका अर्थ यह है कि मुझे भी वह चीज़ मिल सकती है। आपके अंदर भी वह चीज़ पाने की संभावना है। यदि विश्व के एक इंसान के पास कोई वस्तु या कोई गुण है तो वह आपके पास भी आ सकता है। इस विश्वास के साथ यदि आप इन भावनाओं की तरफ देखेंगे तो आप पर किसी भी विकार का दुष्परिणाम नहीं होगा।

कथन ९

आंतरिक गुणों का विकास करें

रामदास स्वामी महाराष्ट्र के प्रसिद्ध संत व कवि थे। उन्हें समर्थ राम दास के नाम से भी जाना जाता है। वे भगवान राम और उनके सेवक हनुमानजी के भक्त थे। उन्होंने अनेक भक्ति गीतों तथा भजनों की रचना की थी। छत्रपति शिवाजी महाराज के अनुरोध पर वे अपने शिष्यों के साथ सज्जनगढ़ नामक किले पर रहने के लिए गए थे। उस समय किले पर पानी की व्यवस्था नहीं थी। गाँव से किले तक पानी लाने की ज़िम्मेदारी रामदास स्वामी के कल्याण नामक एक शिष्य ने उठाई। यह कार्य कल्याण पूरी लगन और सेवाभाव से किया करता था। उसका दिनभर का अधिकतम समय इस काम को पूरा करने में ही बीत जाता था। इसलिए आध्यात्मिक शिक्षा और अपने गुरु से ज्ञान प्राप्त करने के लिए उसके पास बहुत कम समय बचता था।

रामदास स्वामी के अन्य शिष्य दिनभर ग्रंथ पढ़ते रहते थे। वे रामदास

स्वामी से वार्तालाप करके तथा प्रश्नोत्तर के माध्यम से शिक्षा प्राप्त किया करते थे। फिर भी गुरु रामदास स्वामी कल्याण को ही अपना सबसे प्रिय शिष्य मानते थे। दूसरे शिष्यों को इसका कारण समझ में नहीं आता था इसलिए वे कल्याण से ईर्ष्या करते थे। रामदास स्वामी उनकी इस भावना से भली-भाँति परिचित थे।

एक दिन पढ़ाते समय रामदास स्वामी ने शिष्यों से एक बड़ा ही कठिन सवाल पूछ लिया। परंतु कोई भी शिष्य उस प्रश्न का उत्तर नहीं दे पाया। उसी समय उनका प्रिय शिष्य कल्याण वहाँ से गुज़र रहा था। गुरुजी ने उससे भी वही प्रश्न पूछ लिया। कल्याण ने सही उत्तर बताकर सभी शिष्यों को अचंभे में डाल दिया।

शिष्यों ने गुरुजी से पूछा, 'गुरुजी, यह कैसे संभव हुआ? कल्याण ने तो हमारी तरह इतनी शिक्षा भी ग्रहण नहीं की है। फिर भी इतने जटिल सवाल का जवाब वह कैसे दे पाया?'

गुरुजी ने शिष्यों से कहा, 'केवल कल्याण ही ऐसा शिष्य है जो ग्रंथों में लिखी बातों का सही मायने में पालन करता है। वह रोज़ भक्ति भाव से सेवा कार्य करता है, मानो ईश्वर के लिए ही कर रहा हो। केवल ग्रंथों का ज्ञान पाना ही काफी नहीं होता है।'

रामदास स्वामी की बात सुनकर शिष्यों को अपनी गलती का एहसास हुआ। उन्हें तो अपने अल्प ज्ञान पर ही अहंकार था। परंतु कल्याण के ईश्वर के प्रति असीम प्रेम व गुरुभक्ति ने उसे ज्ञान का मार्ग दिखाया। कहते हैं कि भक्त और सज्जन लोगों की ज़ुबान पर स्वयं सरस्वती विराजमान हो जाती है। माँ सरस्वती की कृपा से कल्याण गुरुजी के कठिन प्रश्न का सही-सही उत्तर दे पाया।

शिष्य उपनिषद्

अहंकारी इंसान का अहंकार हमेशा उसके अंदर की कमज़ोरियों को बचाने का प्रयत्न करता रहता है। वह अपनी भूलों और गलतियों का इल्ज़ाम दूसरों पर डालना चाहता है। अहंकारी इंसान अपने छोटे से छोटे गुणों को भी बढ़ा-चढ़ाकर बताता है लेकिन दूसरों का बड़े से बड़ा गुण भी उसे कुछ खास नहीं लगता।

अपने भीतर के अहंकार के कारण दूसरों की अच्छाइयाँ उसे दिखाई नहीं देतीं या यूँ कहें कि वह दूसरों की अच्छाइयाँ देखना ही नहीं चाहता। अपने छोटे से छोटे गुण भी उसे बहुत बड़े लगते हैं। अपने अंदर की अच्छाइयों को तो वह तुरंत देख लेता है। उसकी दूर की नज़र कमज़ोर और नज़दीक की नज़र बहुत तेज़

होती है।

अहंकारी इंसान को लगता है कि 'मैं कितना अच्छा हूँ, मैं कितना ज्ञानी हूँ, मेरे अंदर कितने सारे सद्गुण हैं।' लेकिन दूसरों के अच्छे गुणों को वह अनदेखा कर देता है तथा उन्हें स्वीकार नहीं करता। वह कहता है, 'फलाँ ने फलाँ काम किया तो कौन सा बड़ा तीर मारा है, यह काम तो कोई भी कर सकता है।' और कुछ नहीं तो वह दूसरों का मज़ाक उड़ाता रहता है। जैसे यह तो ठिंगना है... यह तो बात करते वक्त हकलाता है... ठीक से बात भी नहीं कर सकता... यह तो बड़ा बुद्धू है...। अहंकारी इंसान दूसरों की कमियों को बढ़ा-चढ़ाकर बताता है। इस तरह वह अपने आपको हर बात में श्रेष्ठ साबित करना चाहता है। वह दूसरे के ज्ञान-ध्यान की ओर देखता भी नहीं।

सज्जन इंसान तो उसे कहते हैं, जो दूसरों के गुणों का बखान करके यह साबित कर देता है कि वह कितना गुणी है, कितना महान है।

हम भी अच्छे शिष्य बन सकते हैं अगर हम ईश्वर से असीम प्रेम करें, गुरु की आज्ञा को शिरोधार्य करें। ईश्वरीय ज्ञान को, ईश्वरीय गुणों को अपने अंदर धारण करें, उसे अपने कार्य में उतारें। हमें चाहिए कि हम सच्चे मन से सेवा करें और कल्याण की तरह अपने गुणों का विकास करें लेकिन उन गुणों पर अहंकार कभी भी न करें।

कथन १०

शिष्य की गीता, गुरु का मार्गदर्शन

एक इंसान ने अपने ही घर में स्वयं के शरीर हत्या की व्यवस्था इस तरीके से की, जो सबके लिए एक पहेली बनकर रह गई। उस इंसान ने स्वयं को फाँसी लगाई। इस प्रक्रिया में फाँसी लगाते समय उस इंसान ने स्टूल की जगह, बर्फ का एक बड़ा सा टुकड़ा रखा। बर्फ जैसे-जैसे पिघलते गई, उसे फाँसी लगती गई। आखिरकार ऐसा समय आया कि उसकी मृत्यु हो गई।

लंबे समय के बाद उस घर से किसी तरह की चहल-पहल या आवाज़ न पाकर, आस-पड़ोस के लोगों ने उसके घर का दरवाज़ा खटखटाना शुरू किया। मगर अंदर से किसी तरह का कोई प्रतिसाद नहीं मिला। अंततः पुलिस में शिकायत दर्ज कराई गई। घटना स्थल पर पहुँचकर पुलिस ने सारी बातों का मुआयना किया। सारी खिड़कियाँ और दरवाज़े अंदर से बंद थे। बर्फ पूरी तरह से गलकर बह चुकी थी और उसका पानी भी सूख चुका था। आखिरकार पुलिस

दरवाज़ा तोड़कर अंदर गई और उस लाश को नीचे उतारा।

इस पूरे प्रसंग में फाँसी लगानेवाले इंसान की तो मृत्यु हो चुकी थी लेकिन वह सबके लिए एक पहेली छोड़ गया था कि आखिर वह मरा कैसे? फाँसी लगानेवाले स्थान पर न तो कोई स्टूल दिखाई दे रहा था और न ही अन्य किसी पर शक किया जा सकता था। यदि किसी और ने उसे ज़बरदस्ती फाँसी दिलाई होती तो वह बाहर कैसे गया होता क्योंकि खिड़की-दरवाज़े तो अंदर से बंद थे। ऐसे हालात में किसी को कुछ समझ में नहीं आ रहा था कि आखिर हुआ क्या होगा?

इस तरह उस इंसान की मौत एक बड़ी पहेली बनकर रह गई। धीरे-धीरे अड़ोस-पड़ोस के सारे लोग वहाँ जमा होने लगे। पुलिस द्वारा सभी से पूछताछ चल रही थी कि तभी एक पड़ोसी ने बताया, 'यह इंसान एक सत्संग में जाया करता था। वहाँ के गुरुजी को यदि इस घटना की खबर दी जाए तो हो सकता है कि वे इस पहेली को सुलझाने का कोई हल बता सकें।'

इस सलाह पर कुछ लोगों को लगा, 'अब भला गुरुजी इस पर अलग से क्या बता पाएँगे' क्योंकि उन्हें गुरु की पहचान नहीं थी। जो लोग गुरुजी को जानते थे, पहचानते थे, उन्हें लग रहा था कि 'शायद गुरुजी इस समस्या को सुलझा लेंगे, कुछ तो बता पाएँगे। अपने सत्संग में तो वे न जाने कितनी अतार्किक बातें बताते रहते हैं... जैसे एक होंठ की गाली... एक हाथ की ताली... अपने शिष्यों को वे कुछ पहेलियाँ भी देते हैं। यह इंसान उनकी बातें सुनकर आता था और हमें भी सुनाया करता था। इसलिए हो सकता है कि उसके गुरुजी ही कुछ बता सकें।' अतः उस इंसान के गुरुजी को बुलाकर, 'सुसाइड पहेलीवाला' सारा किस्सा बताया गया। तत्पश्चात गुरुजी घटनास्थल पर आए और मृत अवस्था में पड़े इंसान के कानों में कुछ शब्द कहें। अचानक गुरुजी की आवाज़ कानों में पड़ते ही वह इंसान तुरंत उठ गया। यह देख सभी को आश्चर्य का ज़ोरदार झटका लगा कि 'भला यह कैसे संभव है? मृत्यु के बाद कोई फिर से जीवित कैसे हो सकता है?

भेद खोलने पर पता चला कि असल में वह इंसान मरा नहीं था बल्कि मरने का नाटक कर रहा था। गुरुजी ने जब उसके कानों में कहा कि 'मूर्खराजा अब उठ जाओ... मूर्खता की भी एक मर्यादा होती है... जिसके पार जाने से

उसके भयानक परिणाम भुगतने पड़ सकते हैं। यदि इस समय को तुम और ज़्यादा बढ़ाते तो सचमुच तुम्हारी मृत्यु हो जाती।'

शिष्य उपनिषद्

असल में गुरुजी हर एक की गीता जानते हैं कि कौन सा इंसान कैसा है और कब क्या कर सकता है। कौन सा शिष्य कौन से आसन करता है? कौन से प्राणायाम करता है? कौन सी सिद्धि जानता है? अतः इस इंसान के बारे में भी गुरुजी यह भली-भाँति जानते थे कि इसे कुछ ऐसी योगिक क्रियाएँ आती हैं, जिसके ज़रिए वह साँस बंद करके मरने का दिखावा कर रहा है, हकीकत में मरा नहीं है। उसने वह सब नाटक किया था।

यह बिलकुल ऐसे ही हुआ जैसे कोई खेल-खेल में मज़ाक के तौर पर दूसरों को अप्रैल फूल बनाए मगर उसकी अति होने पर खुद ही संकट में फँस जाए। उस शिष्य के साथ भी यही हुआ। उसे परिस्थिति का अंदाज़ा ही नहीं था कि आगे क्या होता? यदि उसके गुरुजी समय पर न पहुँचे होते और गुरुजी के साथ उसका तालमेल न होता तो पुलिस द्वारा पूछताछ होती, तहकीकात होती। अंततः पुलिस उसकी लाश को ले जाती और उसका पोस्टमॉर्टम हो जाता। गुरुजी से, उनके शब्दों से, उनकी आज्ञा से ट्यूनिंग और विश्वास के कारण वह इतनी बड़ी मूर्खता से बाहर आ पाया, गुरु-कृपा से उसे अपनी मूर्खता का पता चला।

इसी तरह कुछ मूर्खताएँ इंसान को मृत्यु तक ले जा सकती हैं। ऐसा न हो इसलिए कोई याद दिलानेवाला आवश्यक है और सिर्फ गुरु ही यह याद दिला पाते हैं। क्योंकि गुरुजी जानते हैं कि किस इंसान में कौन सी वृत्तियाँ घर कर गई हैं। उसने ऐसा क्यों किया? उसने मरने का नाटक भी किया तो क्यों किया? कुछ शिष्य ऐसे होते हैं, जो अभी साधना में पके नहीं होते हैं, उनकी वृत्तियाँ टूटी नहीं होती हैं। ऐसे में उनके अंदर ध्यान पाने की चाहत होती है। लोगों का ध्यान खींचने के लिए वे ऐसे बहुत से नाटक, मूर्खताएँ करते रहते हैं ताकि लोग उनकी तरफ ध्यान दें।

जैसे बच्चे ध्यान पाने के लिए कुछ भी कर सकते हैं। कुछ बच्चे तोड़-फोड़ तक करते हैं ताकि माँ रसोईघर से बाहर आकर उन पर ध्यान दे। फिर भले ही माँ आकर उन्हें पीटे मगर ध्यान तो दे। अब यह तो बच्चे का बचपना है,

उसकी बचकानी हरकत है। लेकिन बड़े होने के बाद भी ध्यान पाने के लिए वह यही सब करता है, फर्क केवल इतना है कि एक नए ढंग से करता है। ऐसे में लोग समझ नहीं पाते हैं कि हकीकत में उसकी चाहत आज भी बचपन की ही है।

इसी तरह उपरोक्त कहानी में भी गुरुजी जानते थे कि उस इंसान की वृत्तियाँ, पैटर्न कैसे हैं। उसने यह नाटक क्यों किया? ताकि वह पूरे शहरभर में, भारतभर में, विश्वभर में प्रसिद्ध हो जाए। हालाँकि प्रसिद्धि पाने का यह आसान तरीका जान पड़ता है मगर इससे कोई पैटर्न से मुक्त नहीं हो सकता। पैटर्न से मुक्त होना है तो गुरु से तालमेल होना ज़रूरी है। गुरु से तालमेल होने को ही कृपा कहा गया है, जो इंसान को जीवन-मरण के चक्र से मुक्ति दिलाती है। यही है गुरु का महत्त्व।

गुरु कैसे होने चाहिए इस पर लोग बहुत मनन करते हैं,

सवाल-जवाब करते हैं। मगर शिष्य कैसा होना चाहिए,

इस पर कोई मनन नहीं करता, जवाब-तलब नहीं करता।

जब इस पर मनन होगा, तब भेद खुलेगा।

कथन ११

शिष्य को मिला गुरु का अतार्किक जवाब

एक शिष्य गुरुजी से सवाल पूछता है, 'मैं कभी-कभी निराश होता हूँ, कभी-कभी मुझे सामनेवाले पर बहुत गुस्सा आता है। कभी-कभी मुझे लगता है कि मैं क्यों पैदा हुआ? ऐसे समय पर मैं क्या करूँ?'

गुरुजी इस पर उसे जवाब देते हैं, 'उस वक्त तुम अपनी कलाई पर बँधी घड़ी देखो।'

गुरुजी का जवाब सुनकर शिष्य सोच में पड़ जाता है कि 'मेरे निराशा, क्रोध से बचने और घड़ी देखने का क्या संबंध है?' उसे कुछ समझ में नहीं आता और वह चला जाता है।

फिर कुछ समय पश्चात वह शिष्य आकर गुरुजी से कहता है, 'मैं बहुत परेशान हूँ। कृपया मुझे बताएँ कि मैं इससे छुटकारा कैसे प्राप्त करूँ?'

गुरुजी सहजता से जवाब देते हैं, 'परेशानी के वक्त अपनी कलाई पर बँधी घड़ी देखो।'

शिष्य सोचने लगता है कि 'पहले ही मैं बहुत परेशान हूँ और गुरुजी वही जवाब देकर मेरी परेशानी को और बढ़ा रहे हैं।'

कुछ दिन बाद तनाव से ग्रस्त शिष्य वापस आकर गुरुजी से पूछता है, 'नकारात्मक विचारों के कारण मैं बहुत तनाव में हूँ। कृपा करके आप मुझे इस तनाव से मुक्ति का कोई उपाय बताएँ।'

गुरुजी शिष्य को फिर से वही जवाब देते हैं।

अब शिष्य सोचने लगा कि 'गुरुजी जो बता रहे हैं, उसमें ज़रूर कोई संदेश छिपा है। मुझे इस जवाब पर मनन करना चाहिए।'

समझदार शिष्य गुरुजी की अतार्किक आज्ञा पर जल्दी अनुमान नहीं लगाता बल्कि मनन करता है। तत्पश्चात भी उसे समझ में न आए तो वह गुरुजी से मिलकर कपट मुक्त पूछता है।

उस शिष्य ने भी यही किया। मनन के बावजूद भी जब उसे कुछ समझ में नहीं आया तब उसने गुरुजी से कपट मुक्त पूछा, 'मेरे हर सवाल पर आप घड़ी-घड़ी कहते हैं कि घड़ी देखो... मगर घड़ी देखने से क्या होगा? कृपया इसका खुलासा करें।'

तब गुरुजी ने घड़ी देखने का भेद खोलते हुए कहा, 'जब भी निराशा, क्रोध, तनाव, परेशानी या उलझन का विचार आए तब घड़ी में समय देखो कि यह विचार कितनी देर तक रहता है। फिर उस समय को नोट करो। जैसे ७.१० पर उलझन का विचार आया और ७.२० को वह विचार खत्म हो गया। इसका

अर्थ उलझन का विचार समाप्त होकर समझ का विचार आने में १० मिनट लगे। फिर अगली बार जब भी परेशानी के विचार आएँ तो घड़ी को इस लक्ष्य से देखो कि अब की बार नकारात्मक विचारों से ९ मिनट में मुक्ति कैसे मिले। इस तरह के अभ्यास से एक समय ऐसा आएगा कि निराशा, क्रोध, परेशानी या तनाव का विचार आते ही, केवल घड़ी देखकर वह दूर हो जाएगा।'

शिष्य उपनिषद्

उपरोक्त उदाहरण केवल एक शिष्य के लिए नहीं बल्कि सभी के लिए है। हर एक के जीवन में कोई न कोई उतार-चढ़ाव आता है। ऐसे में नकारात्मक विचार, परेशानी या क्रोध आने पर पहले घड़ी देखें। तब ऐसा न कहें कि 'मुझे क्रोध क्यों आता है? ऐसे नकारात्मक विचार क्यों आते हैं?' बल्कि इस सवाल पर पहला सवाल पूछें कि 'मुझे जो विचार आ रहे हैं, उन्हें मैं किस दृष्टिकोण से देख रहा हूँ? क्या मेरे दृष्टिकोण में सुधार आया है?' आपका पहला सवाल बदल गया तो विचारों और घटनाओं को देखने का आपका दृष्टिकोण भी बदल जाएगा। फिर भविष्य में जब भी आपको नकारात्मक विचार आए तो आप घड़ी देखेंगे और घड़ी देखते ही आपको याद आएगा कि 'इस विचार से ध्यान हटाकर उसे जाने देना है, न कि उससे चिपके रहना है।' जिससे नकारात्मक विचार आप पर हावी नहीं होंगे।

इस अभ्यास में यह भी देखें कि क्रोध का, नकारात्मक विचारों का समय कम होता जा रहा है या नहीं। जब यह समय कम होता जाए तब समझें कि आपका विकास हो रहा है। फिर एक समय ऐसा आएगा कि उलझन के विचारों से आप हमेशा के लिए मुक्त हो जाएँगे। इस तरह घटनाओं के दौरान हर बार घड़ी का यह प्रयोग करके आप देखेंगे कि घटना होते ही पहला विचार परेशानी का नहीं बल्कि समझ का होगा। पहले वह दूसरा विचार था मगर अब पहला विचार होगा। सीधे समझ का विचार आएगा। इस तरह छोटा लगनेवाला यह

अतार्किक अभ्यास, एक दिन आपके जीवन में बड़ा परिवर्तन लाएगा।

जो सद्गुरु की बात पर विश्वास रखकर अतार्किक प्रयोग करने के लिए तैयार होते हैं, उन्हें परिणाम अवश्य मिलते हैं।

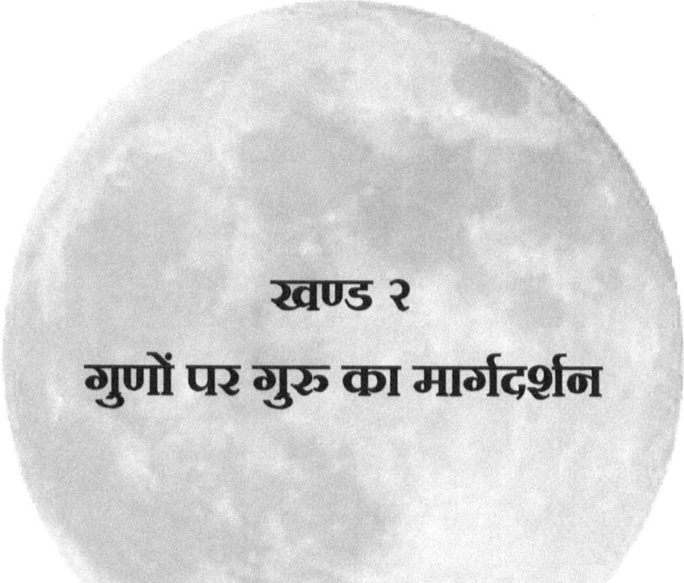

खण्ड २
गुणों पर गुरु का मार्गदर्शन

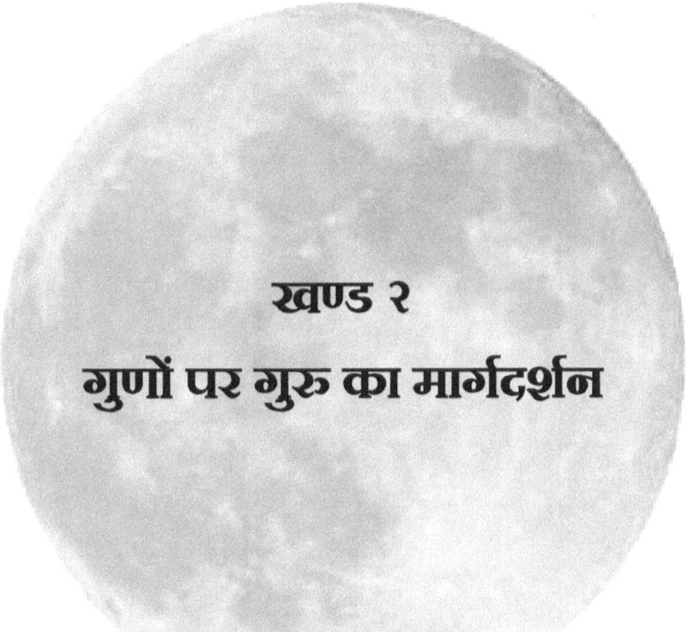

खण्ड २
गुणों पर गुरु का मार्गदर्शन

कथन
१२
तथागत का वरदान

गुरु ज्ञान देने से पहले शिष्य की परीक्षा लेते हैं ताकि यह पता चले कि उसकी पात्रता तैयार हुई है या नहीं। शिष्य को अपने गुरु की कसौटी पर खरा उतरना ही पड़ता है तभी वह ज्ञान प्राप्ति के लिए पात्र बनता है। भगवान बुद्ध भी अपने शिष्यों की परीक्षा लेकर उन्हें समय-समय पर परखते थे।

एक दिन अचानक एक शिष्य अपनी मनोकामना लेकर भगवान बुद्ध के पास पहुँचा। उसने नतमस्तक होकर भगवान बुद्ध को प्रणाम किया और उनसे प्रार्थना करने लगा।

भगवान बुद्ध ने उससे करुणापूर्वक कहा, 'बताओ, तुम हमसे क्या चाहते हो?'

उसने कहा, 'प्रभू, मैं चाहता हूँ कि मेरे सभी प्रियजन हमेशा स्वस्थ और

प्रसन्न रहें।'

शिष्य की प्रार्थना सुनकर भगवान बुद्ध मन ही मन मुस्कराएँ। उन्होंने सोचा कि शिष्य की प्रार्थना पूरी करने के लिए पहले उसकी परीक्षा ली जाए। फिर उन्होंने शिष्य से कहा कि 'तुम्हारे सभी प्रियजन हमेशा स्वस्थ और खुश रहें, यह संभव नहीं। तुम कोई भी चार दिन चुन लो और मुझे बताओ। उस समय वे स्वस्थ और खुश रहेंगे।'

अब शिष्य ने थोड़ा सोचकर कहा, 'अगर ऐसा है तो फिर बसंत, ग्रीष्म, शिशिर और हेमंत इन चारों ऋतुओं में वे खुश रहें।'

भगवान बुद्ध शिष्य की समझदारी से खुश हुए। उन्होंने आगे कहा, 'यदि तुम्हें केवल तीन दिन चुनने हों तो तुम कौन से दिन चुनोगे?'

इस बार शिष्य ने फिर चतुराई से जवाब दिया, 'अच्छा तो फिर आज, कल और अगला दिन ठीक रहेगा।'

भगवान बुद्ध ने उसकी चतुराई पर हँसते हुए कहा, 'तब तो तुम केवल दो दिनों का चुनाव करो और बताओ।'

अब शिष्य अधिक सतर्क होकर बोला, 'यदि ऐसा है तो मैं शुक्ल पक्ष और कृष्ण पक्ष का चुनाव करना चाहूँगा।'

भगवान बुद्ध सवाल पूछ-पूछकर उसकी समझ और सजगता की परीक्षा लिए जा रहे थे और शिष्य भी अधिक सतर्कता से जवाब दे रहा था। अब की बार भगवान बुद्ध ने कहा, 'यदि तुम्हें एक ही दिन का चुनाव करना हो तो कौन सा दिन चुनोगे?'

शिष्य ने तुरंत जवाब दिया, 'वर्तमान दिन'

शिष्य की सतर्कता देखकर भगवान बुद्ध मुस्कराए और कहा, 'तथास्तु! अब से तुम्हारे समस्त प्रियजन हर दिन स्वस्थ और प्रसन्न रहेंगे।'

शिष्य उपनिषद्

उपरोक्त कहानी से यह समझ में आता है कि गुरु द्वारा पूछे गए सवाल कैसे शिष्य को वर्तमान में ले आते हैं।

वर्तमान में ही आनंद है। भूत और भविष्य में तो दुःख और चिंता है। मन

हमेशा भूत और भविष्य में गोते लगाकर वर्तमान के क्षण भी खो देता है।

हर इंसान वर्तमान में जी सकता है लेकिन जीता नहीं है। आधे लोग तो अतीत को याद करते रहते हैं। उनका पूरा जीवन या तो अतीत की सुनहरी यादों में खोया रहता है या फिर अतीत की बुरी बातों पर अफसोस करता है। पश्चाताप, ग्लानि और अफसोस में वे अपने सारे वर्तमान पल बरबाद कर लेते हैं।

इंसान ज़्यादातर भूतकाल में हुई घटनाओं को याद करके दुःखी हो जाता है। यह सही नहीं है, भूत में कतई न उलझें क्योंकि जिस चीज़ पर आप ध्यान देंगे, वह आप बन जाएँगे।' इसलिए आपको भूत पर ध्यान नहीं देना है। वरना आप भूत (विचारों में जीनेवाले) बन जाएँगे। लोग कल्लू (कल में रहनेवाला) बनकर पूरा जीवन बिता देते हैं। जहाँ रहना चाहिए था, वहाँ रहते ही नहीं। वास्तव में असली जीवन तो वर्तमान में है। वर्तमान में जो सत्य है, अगर उस पर ध्यान देंगे तो सत्य बन जाएँगे।

दूसरी ओर, कुछ लोग भविष्य में जीते हैं। वे जीवनभर सुनहरे भविष्य की कल्पना करते रहते हैं, योजनाएँ बनाते रहते हैं और काल्पनिक तसवीरें देखते रहते हैं। इस चक्कर में वे वर्तमान पल का आनंद नहीं ले पाते हैं।

लोग अपने दुःखों का उपाय भविष्य में ढूँढ़ते हैं। उसे इस बात का ज्ञान नहीं कि सुंदर भविष्य का निर्माण वर्तमान में हो सकता है। कुछ लोग शेखचिल्ली की तरह भविष्य की कल्पनाओं में लोट-पलोट लगाते रहते हैं। जिससे उनके वर्तमान का समय निकल जाता है। जिस काम को आज करना था वह छूट जाता है। इस तरह ये लोग बड़ी मुसीबत, निराशा और तनाव में फँस जाते हैं। आपको भूतकाल और भविष्यकाल दोनों से मुक्त होना है।

जो अतीत है, वह भी कभी वर्तमान पल था और जो भविष्य है, वह भी कभी वर्तमान पल होगा। इस तरह देखें तो न कोई अतीत है, न कोई भविष्य। जो है, वह वर्तमान पल ही है। उज्ज्वल भविष्य वर्तमान के क्षणों में है। वर्तमान में जो भी हो रहा है, अच्छा-बुरा जो भी लग रहा है, वह वर्तमान की सच्चाई है। उसे ऐसा ही देखना सीखें।

वर्तमान ज़िंदा है, अभी है, यहीं है और चैतन्य है। इसमें जीना सीखें। वर्तमान में जीने से हमारी बेहोशी (मशीनियत) टूटती है। मशीनी जीवन न जीते हुए हम नए बनकर वर्तमान में जीएँ। इस नए जीवन में नए निर्णय, नई कला, नए

कार्य, नई आदतें, नई दिनचर्या, नई पुस्तकें, नए मित्रों, नए विचारों को प्रवेश दें।

वर्तमान को स्वीकार करें, समस्याओं से न घबराएँ। हर दिन स्वीकार की शक्ति का परीक्षण करें। अपने धैर्य का भी परीक्षण करें। हर घटना में स्वीकार भाव से कार्य करें।

कथन १३

शिष्य का मिथ्या भ्रम

जब इंसान के अंदर सत्य के प्रति प्यास जगती है तब वह सत्य पाने के लिए गुरु की खोज करता है। जब उसकी खोज पूरी हो जाती है तब वह गुरु कृपा हेतु तरह-तरह के जतन करता है। गुरु का आशीर्वाद उस पर बना रहे, उनका सतसंग सदैव प्राप्त होता रहे, इसके लिए कभी-कभी वह सम भावना छोड़कर गुरु और बाकी शिष्यों के बीच भेद-भाव करता है। परंतु यह एक मिथ्या भ्रम है। यदि हम सभी लोगों के साथ समान स्नेह रखेंगे, समानता का व्यवहार करेंगे तो गुरु की कृपा खुद-ब-खुद हमें प्राप्त होगी। आइए, भगवान रमण महर्षि के प्रसंग से इसे समझने का प्रयास करें।

तमिलनाडू में अय्यर कुल में जन्मे वेंकटरमन, आधुनिक युग के महान गुरु रमण, जो भगवान श्री रमण महर्षि के रूप में जाने गए। रमण महर्षि १६ साल

की उम्र में अपने चाचा के घर की छत पर बैठे हुए थे। घर के सदस्य बाहर गए हुए थे। वहाँ बैठे-बैठे उनके मन में अचानक विचार आया, 'अब मेरी मृत्यु होनेवाली है।' इस विचार की वजह से वे भयभीत हो उठे। यह विचार अनायास ही आया था, इसके लिए उन्होंने अपनी ओर से कोई प्रयास नहीं किया था। उन पर ईश्वर की कृपा हुई और उन्हें मृत्यु का डर सताने लगा। अगर सही ढंग से मनन हो तो मृत्यु का डर कृपा सिद्ध हो सकता है। मृत्यु का डर आने के बाद उन्हें अगला विचार आया, 'चलो अब मृत्यु का दर्शन करेंगे, देखते हैं कि मृत्यु आने के बाद क्या-क्या होता है!' वे छत पर इस तरह लेट गए जैसे उसी वक्त उनकी मृत्यु हो रही हो। उन्हें लगा कि मृत्यु होने के बाद उनका शरीर अकड़ जाएगा इसलिए वे शरीर को सख्त करके लेट गए। उस वक्त उनके शरीर में कोई भी हलचल नहीं हो रही थी।

इसी तरह कुछ देर लेटे रहने के बाद उन्हें विचार आया, 'मैं तो मर गया हूँ, फिर भी मैं यह कैसे जान रहा हूँ?' वहाँ पर चेतना जागृत हुई कि 'मैं तो मर चुका हूँ, फिर भी मैं सब कुछ जान रहा हूँ। यह जानना क्या है? यह एहसास क्या है? मेरे शरीर की मौत हो जाने के बाद मुझे जलाया जाएगा तो क्या मुझे यह सब दिखाई देगा? फिर भी मुझे मेरा एहसास होगा? अगर मरने के बाद भी यह एहसास होता है तो इसका अर्थ है कि यह एहसास शरीर पर निर्भर नहीं है। शरीर का एहसास अलग है और मेरा एहसास अलग है।' ये सभी बातें रमण महर्षि को स्पष्ट रूप से दिखाई दीं। यह घटना होने में सिर्फ आधा घंटा लगा। उसके बाद वे उठकर खड़े हो गए और उनके जीवन में सब कुछ बदल गया।

इसके बाद कुछ वर्षों तक उन्होंने एकाकी जीवन व्यतीत किया। उनके तेज व साधना से प्रभावित होकर धीरे-धीरे उनके समीप बहुत से भक्त एकत्रित हो गए। अनेकों अनुयायी शिष्य उनके साथ उनके आश्रम में ही रहते थे।

रमण महर्षि प्राय: अधिक समय मौन रहते थे और प्रवचन देने के बजाय अपने मौन और आचरण द्वारा ही शिक्षा अथवा उपदेश देते थे। वे प्रतिदिन सभी आश्रमवासियों के साथ ही भोजन किया करते थे। वहाँ कोई भक्त उन्हें विशेष स्थान देने का प्रयास करता तो वे नाराज़ हो जाते थे। इतना ही नहीं, कोई भक्त उनके लिए उपहारस्वरूप कुछ देना चाहता तो वे स्वीकार नहीं करते थे।

एक बार एक अनुयायी भोजनालय में सेवारत था। भोजन परोसते समय

उसने रमण महर्षि को अपने प्रेम और श्रद्धा के कारण दूसरे आश्रमवासियों की तुलना में आलू की सब्ज़ी थोड़ी ज़्यादा परोस दी। भगवान महर्षि ने यह भेदभावपूर्ण व्यवहार देखा तो वे नाराज़ हो गए। उन्होंने खाना परोसने में कार्यरत सभी सेवकों से मुँह फेर लिया। वह शिष्य उनकी अप्रसन्नता का कारण नहीं समझ पाया और अनुमान लगाने लगा कि न जाने किसने महर्षि को नाराज़ कर दिया है।

रसोई में कार्यरत सभी महिलाएँ भोजन के बाद, महर्षि के पास उनसे जाने की अनुमति लेने के लिए एकत्र हो जाती थीं। उनके चले जाने के बाद प्राय: वे अन्य अनुयायियों से थोड़ी बातचीत करते थे। वे आश्रम के विषय में जानकारी लेते थे कि आश्रम में कौन-कौन लोग ठहरे हैं, वहाँ रोशनी के लिए लालटेन आदि की व्यवस्था की है या नहीं? ऐसे अनेक विषयों पर बातचीत होती थी।

किंतु उस शाम महर्षि ने उस अनुयायी को अपने पास आने का संकेत दिया और पूछा, 'आज तुमने क्या किया?'

शिष्य ने उत्तर दिया, 'कुछ भी नहीं स्वामीजी! क्या मुझसे कोई भूल हो गई है?'

'तुमने भोजन परोसते समय मुझे दूसरे लोगों से अधिक आलू की सब्ज़ी क्यों परोसी?' नाराज़गी ज़ाहिर करते हुए वे बोले।

शिष्य ने कहा, 'इससे क्या फर्क पड़ता है? मैंने तो आपके प्रति स्नेह और समर्पण के कारण ऐसा किया।'

वे बोले, 'मुझे सभी आश्रमवासियों से अधिक भोजन ग्रहण करने पर बहुत शर्म महसूस हुई। क्या तुम मुझे यहाँ ठूस-ठूसकर खाना खिलाने के लिए आए हो? तुम्हें तो हमेशा मुझे उनसे कम ही भोजन परोसना चाहिए।'

'पर भगवन! मैं दूसरों की तुलना में आपसे इस तरह का गलत व्यवहार कैसे कर सकता हूँ?' शिष्य ने अपना तर्क बताते हुए जवाब दिया।

'तो क्या तुम सोचते हो कि इस तरीके से तुम मुझे प्रसन्न कर लोगे? क्या तुम यह समझते हो कि अधिक सब्ज़ी परोसकर तुम मेरी कृपा अर्जित कर लोगे?'

अब शिष्य ने उनका इशारा समझ लिया और क्षमा माँगते हुए कहा,

'भगवन! क्षमा करें, आपके प्रति स्नेह वश मुझसे बहुत बड़ी भूल हो गई। भविष्य में मैं आपकी आज्ञा का पूरा ध्यान रखूँगा। कभी भी किसी को कम या अधिक स्नेह न देकर सबके प्रति समान स्नेह व श्रद्धा रखूँगा।'

इस पर भगवान रमण महर्षि ने स्नेहपूर्वक अपने शिष्य से कहा, 'तुम जितना अधिक यहाँ के लोगों से प्रेम करोगे, उतना ही मैं समझूँगा कि तुम मुझसे वास्तव में प्रेम करते हो।'

शिष्य उपनिषद्

उपरोक्त कथानक से समझें कि कई बार शिष्य अपने गुरु को खुश करने के लिए ऐसी ही भूल कर बैठता है। वह समझता है कि अन्य लोगों की अपेक्षा गुरु का अधिक खयाल कर, उन्हें उपहार देकर उनकी कृपा पाना बहुत आसान होगा। एक बार गुरु कृपा प्राप्त हो गई तो ईश्वर की कृपा भी आसानी से प्राप्त हो जाएगी। तभी वह सत्य ज्ञान और अनुभव प्राप्त कर पाएगा। जबकि गुरु कृपा और ईश्वर कृपा तो गुरु के मार्गदर्शन पर चलने से ही मिलती है।

जिन्होंने भी वेद, उपनिषद् पढ़े उन्होंने यही जाना कि सत्य ज्ञान उसे ही प्राप्त होता है जिस पर ईश्वरीय कृपा हो चुकी हो। अगर किसी को सद्गुरु का सतसंग मिल जाए तो समझ लीजिए कि उस पर कृपा की वर्षा हुई है। इससे बड़ी कृपा और क्या हो सकती है कि आपके नज़दीक, आपके ही समीप कोई उस परम अनुभव को उपलब्ध हुआ हो। एक फूल खिला, उसकी सुगंध आप तक पहुँची।

गुरु आपके लिए प्रेरणा बनते हैं वरना बिना स्वज्ञान के इंसान बिलकुल उस पक्षी की भाँति है, जो पंख होते हुए भी उड़ नहीं सकता। जब वह किसी पक्षी को उड़ते हुए देखता है तो उसके हृदय में भी उड़ान भरने की इच्छा जागृत होती है। इसके बाद उसकी उड़ने की संभावना खुलती है। इसलिए कहा गया है कि आपके नज़दीक अगर किसी शरीर में परम ज्ञान उतरा है तो यह सबसे बड़ा अवसर है उत्सव मनाने का, नाचने और गीत गाने का क्योंकि अब आपके लिए परम संभावनाओं के द्वार खुल गए हैं। गुरु की उपस्थिति में आपकी भी उस परम सत्य के अनुभव को उपलब्ध होने की संभावना जागती है। क्योंकि गुरु अपने होने के एहसास पर है, अपने अस्तित्त्व के अनुभव में ही नहीं बल्कि स्वयं अनुभव ही है।

गुरु और ईश्वर दो नहीं हैं। ईश्वर जब विश्व में सत्य का विस्तार करना चाहता है, हर सत्य के प्यासे तक पहुँचना चाहता है तो वह उस शरीर के ज़रिए फैलता है, जिसे हम गुरु कहते हैं। शरीर को गुरु मानना मूर्खता है, अज्ञान है।

कथन १४

हर कार्य में पूर्णता प्राप्त करें

एक दिन एक सवाली योगऋषि के पास पहुँचा। दरअसल उसके मन में गृहस्थ और संन्यासी जीवन के प्रति जिज्ञासा उत्पन्न हो रही थी। उसे पूर्ण विश्वास था कि योगऋषि ही उसकी जिज्ञासा को शांत कर सकते हैं। सो, वह उनके पास पहुँचा और बोला, 'कृपया आप मेरा मार्गदर्शन करें कि मुझे गृहस्थ बनना चाहिए या फिर संन्यासी?'

इस पर योगऋषि ने कहा, 'जो भी बनो उसमें पूर्णता प्राप्त करो।' योगऋषि की यह बात उस इंसान की समझ में नहीं आई। उसके चेहरे पर प्रश्नचिन्ह साफ दिखाई दे रहा था। यह देखकर उन्होंने उसे समझाने के लिए प्रमाण दिखाने का निर्णय लिया।

इसके लिए योगऋषि ने अपनी धर्मपत्नी को आवाज़ दी। पत्नी उनकी एक आवाज़ में वहाँ उपस्थित हुईं। योगऋषि ने पत्नी को दीपक जलाकर लाने के लिए कहा। पत्नी ने कहा, 'बिलकुल।' यह भरी दोपहरी का समय था। वह इंसान अचरज से योगऋषि की ओर देखने लगा। लेकिन उनकी पत्नी ने न तो कोई भाव प्रकट किया और न ही कोई सवाल पूछा। बस भीतर गईं और एक दीपक जलाकर ले आईं।

दोपहर का समय होने के बावजूद उनकी पत्नी बिना प्रश्न किए दीपक जलाकर ले आईं, यह देखकर उस इंसान को आश्चर्य हुआ।

फिर योगऋषि ने अपने बेटे को बुलाया और कहा, 'आज घर में मेहमान आनेवाले हैं तो उनके लिए कुछ मिठाई बनाना और उसमें थोड़ा नमक भी मिलाना।' बेटे ने कहा, 'जी पिताजी।'

एक बार फिर सवाली की आँखों में प्रश्नचिन्ह देखकर योगऋषि ने कहा, 'आपसी विश्वास में अगर पूर्णता होती है तो तुम पूर्ण गृहस्थ हो। यदि आपस में इस तरह का तालमेल है तो शादी-शुदा होने के बावजूद भी तुम अपने लक्ष्य को प्राप्त कर पाओगे।'

उसके बाद योगऋषि उस सवाली को एक पहाड़ी पर ले गए। वहाँ एक वृद्ध संन्यासी निवास करते थे। योगऋषि ने उस संन्यासी से प्रश्न किया, 'संन्यासी जी! आपके शरीर की आयु कितनी है?' संन्यासी ने उत्तर दिया, 'अस्सी वर्ष।' उसके बाद वे आपस में ज्ञान की बातों में लीन हो गए। कुछ समय तक वार्तालाप करने के बाद योगऋषि ने संन्यासी से पुनः प्रश्न किया, 'वैसे बताइए, आपके शरीर की आयु कितनी है?' संन्यासी ने फिर से कहा, 'अस्सी वर्ष।' दोबारा प्रश्न किए जाने पर भी संन्यासी ने बेहद सहज भाव से योगऋषि को उत्तर दिया। इस तरह बीच-बीच में योगऋषि संन्यासी से वही सवाल बार-बार पूछ रहे थे। वहाँ से निकलते समय विदा लेते हुए उन्होंने वही सवाल पूछा और संन्यासी ने उसी सहजता से जवाब दिया। सवाली सोच रहा था कि 'आखिर योगऋषि बार-बार एक ही सवाल उस संन्यासी से क्यों पूछ रहे हैं?'

अब योगऋषि उस इंसान के साथ पहाड़ी से नीचे जाने लगा। बीच रास्ते में रुककर योगऋषि ने उस संन्यासी को ज़ोर से आवाज़ देकर नीचे आने के लिए

कहा। वृद्ध संन्यासी हाँफते-हाँफते पहाड़ी से नीचे उतरे और योगऋषि के समीप आ गए। संन्यासी ने नीचे बुलाने का कारण पूछा तो योगऋषि ने कहा, 'आपसे एक सवाल पूछना रह गया था, आपके शरीर की उम्र कितनी है?'

यह सुनकर वह इंसान चौंक गया। उसे लगा कि अब तो संन्यासी खीझ उठेगा मगर ऐसा नहीं हुआ। एक ही प्रश्न बार-बार पूछने पर भी उस संन्यासी के माथे पर शिकन तक नहीं आई, न ही कोई भाव उनके चेहरे पर था। उन्होंने बड़ी शांति और सहजता के साथ उत्तर दिया, 'अस्सी वर्ष।' फिर धन्यवाद कहते हुए गुरुजी ने उनसे विदा ली और वह संन्यासी वापस पहाड़ी की ओर मुड़ गया।

फिर योगऋषि ने उस सवाली को समझाते हुए कहा, 'यह संन्यास की पूर्णता है। मैंने संन्यासी से बार-बार एक ही प्रश्न किया, फिर भी वे क्रोधित नहीं हुए। पहली बार पूछे गए प्रश्न का जवाब देते हुए वे जितने सहज थे, उतनी ही सहजता उनमें बार-बार वही सवाल पूछे जाने पर कायम थी। ठीक उसी तरह आपके जीवन में जितनी बार भी वही-वही घटनाएँ वापस आएँ, आप उसका सामना जब उतनी ही सहजता से करते हैं तब कहा जा सकता है कि आपने संन्यास की पूर्णता प्राप्त की है।' अब सवाली को बात समझ में आ गई।

शिष्य उपनिषद्

उस सवाली को तो यह बात समझ में आ गई लेकिन मुख्य सवाल यह है, 'क्या आपको भी यह बात समझ में आ गई?' आप जो भी करें, उसमें पूर्णता प्राप्त करें। यदि आप 'कुछ नहीं' (मुक्ति) की अवस्था भी प्राप्त कर रहे हैं तो उसमें भी पूर्णता प्राप्त करें।

कहानी में उस सवाली को प्रमाण दिखाया गया कि कैसे वह संन्यासी अकंप है। कोई भी चीज़ उसे हिला नहीं सकती। ज़रा सोचें कि किसी इंसान से यदि एक ही सवाल बार-बार पूछा जाए तो क्या होगा? वह यही कहनेवाला है, 'क्या आप बहरे हैं? कितनी बार जवाब दिया, समझता नहीं है क्या?' परंतु उस संन्यासी की सहजता कायम रही क्योंकि वहाँ अकंप अवस्था आ गई थी। अब कोई भी चीज़ न ही उसे परेशान कर सकती थी और न ही हिला सकती थी। शिष्य के अंदर ऐसी अवस्था लाने के लिए ही गुरु कार्य करते हैं।

कुछ लोग गुरु के पास ज्ञान प्राप्ति के लिए जाते हैं मगर फिर वे ज्ञान का

दिखावा करने लग जाते हैं। कई लोग अलग-अलग सत्संग में जाकर ज्ञान प्राप्त करते हैं और लोगों के बीच ज्ञान की चर्चा करने लगते हैं। परंतु वे सिर्फ ज्ञान की बातें ही करते हैं और सुननेवाले को भी लगता है कि कितना सही बता रहे हैं। मगर आप उनका जीवन देखेंगे तो उसमें कोई फर्क नहीं है क्योंकि उनके जीवन में ज्ञान उतरा ही नहीं।

कुछ लोग ज्ञान प्राप्त करके तमोगुणी बन गए यानी उन्होंने पूर्णता प्राप्त नहीं की। इस तरह तमोगुणी बनना पूर्णता नहीं है। ऐसे लोग जब सत्संग में सुनते हैं कि 'आप पृथ्वी पर मेहमान हैं, कुछ ही समय के लिए आए हैं।' तो वे सोचते हैं कि 'चलो कुछ समय के लिए ही इस पृथ्वी पर आए हैं तो खाओ, पीओ और ऐश करो। ज़्यादा सोचने की आवश्यकता नहीं है।' आप समझ सकते हैं कि इन लोगों ने इस ज्ञान को किस तरह से लिया। गुरु आपको न ही ज्ञानी बनाना चाहते हैं, न ही तमोगुणी और न ही अपना शिष्य बनाना चाहते हैं। वे तो आपको 'अपना' मन बनाना चाहते हैं।

'अपना (APNA)' मन कैसा होगा? A यानी अकंप, P यानी प्रेमन, N यानी निर्मल और A यानी आज्ञाकारी मन। ऐसा मन जो प्रेमन यानी प्रेम से भरा हुआ है। निर्मल है यानी पूरा मैल निकल चुका है और आज्ञाकारी है। इसका अर्थ ही आप अकंप हो गए। कोई अनचाही घटना चाहे बार-बार आपके जीवन में आए परंतु अब वह आपको हिला नहीं सकती। क्योंकि उस मन में प्रेम है, करुणा है। क्षमा साधना चल रही है इसलिए मैल निकल चुकी है। अब मन आज्ञाकारी, अखंड बन चुका है। भाव, विचार, वाणी, क्रिया में अखंडता आई है। ऐसा मन लेकर जाएँ। यदि आपने सब कुछ प्राप्त किया मगर आप जो करने के लिए इस पृथ्वी पर आए थे वही नहीं किया, बिना पृथ्वी लक्ष्य (APNA) प्राप्त किए इस पृथ्वी से चले गए तो आपने पूर्णता प्राप्त नहीं की। ज्ञानी बनकर कोई फायदा नहीं है क्योंकि इसमें लोग अटक जाते हैं। ज्ञान के नाम पर कुछ लोग व्यसन करते हैं, ऊँची-ऊँची बातें करते हैं लेकिन उनके जीवन में कोई फर्क नहीं आता है।

गुरु तो चाहते हैं कि संसार और संन्यास दोनों की जो पूर्णता है, वह खोजी (सत्य शोधक) को प्राप्त हो। गृहस्थ और संन्यास आश्रम, दोनों की पूर्णताएँ खोजी को तेज संसारी जीवन में प्राप्त हों। जिसके लिए अपने मन पर कार्य होना महत्वपूर्ण है वरना मन मैला ही रहता है। लोग बहुत से अनुभव प्राप्त करते हैं,

चाँद पर भी जाकर आते हैं मगर वह अनुभव उनके मन को 'अपना' नहीं बना पाता।

आपको जो समझ मिली है, उसे अपने जीवन में उतारें और तेज संसारी की पूर्णता प्राप्त करें।

कथन १५

सच्चे शिष्य की पहचान

एक बार कुछ शिष्यों ने कबीर से सवाल पूछा, 'सच्चा शिष्य कौन है? क्या गुरु आज्ञा का पालन करने से ईश्वर की प्राप्ति होती है?' कबीर ने शिष्यों की जिज्ञासा को अनोखे ढंग से शांत किया। उन्होंने अपने सबसे अच्छे शिष्य को बुलाया। वह उनकी आज्ञा पर तुरंत आ पहुँचा। कबीर ने उससे कहा, 'कपड़े बुनते समय मेरी सुई कहीं गिर गई है। मेरी लालटेन उठाकर ले आओ ताकि मैं उसे ढूँढ़ सकूँ।' यह सुनकर सभी शिष्य चकित रह गए क्योंकि उस समय तेज़ धूप निकली हुई थी। तेज़ धूप के कारण जितना प्रकाश वहाँ था, उसके आगे लालटेन का प्रकाश कुछ भी नहीं था। लेकिन बिना कुछ सवाल-जवाब किए वह शिष्य अंदर जाकर लालटेन ले आया।

उसके बाद कबीर ने शिष्य से कहा, 'मेरे कुछ शिष्य आज भोजन के लिए

पधारेंगे। तुम ऐसा करना कि कुछ मीठा बना लेना और उसमें थोड़ा नमक भी डाल देना।' मीठी चीज़ में नमक डालने का मतलब है उसकी मिठास को कम करना, उसके स्वाद को बिगाड़ देना। लेकिन इस बार भी शिष्य ने बिना विवाद के आज्ञा का पालन किया।

शिष्यों की ओर देखकर कबीर ने कहा, 'क्या तुम्हें नहीं लगता कि शिष्य को मेरी आज्ञा बेतुकी लगी होगी?' कबीर की इस बात पर सभी ने हामी भरी। फिर कबीर ने कहा, 'जिस क्षण तुम बिना किसी शर्त के गुरु की आज्ञा मान लेते हो उस क्षण, तुम अपने आप अच्छे शिष्य की श्रेणी में आ जाते हो। जब तुम गुरु की आज्ञा का पालन करते हो तो अनायास ही मननशील हो जाते हो और तुम्हें ईश्वरीय सत्ता के दर्शन होने लगते हैं।'

शिष्य उपनिषद्

गुरु जब भी अपने किसी शिष्य को कोई आज्ञा देते हैं तो उसके पीछे कोई न कोई उद्देश्य छिपा होता है। वे सिर्फ काम करवाने के लिए आज्ञा नहीं देते हैं। इस बात को एक उदाहरण से समझें।

नया साल पास आ रहा था। गुरुजी का सत्संग चल रहा था। सत्संग के दौरान ही गुरुजी ने अपने एक नज़दीक के शिष्य से कहा कि 'ऐसा करना, कल आते समय तुम नए साल का एक कैलेंडर लेकर आना।' शिष्य ने भी 'हाँ' कह दिया और सत्संग के बाद वह चला गया। दूसरे दिन जब वह सत्संग में आया तो गुरुजी ने उस शिष्य से पूछा, 'कैलेंडर लाए?' तो शिष्य ने कहा, 'अरे! मैं तो भूल गया, कल अवश्य ले आऊँगा।' तब गुरुजी ने कहा, 'ठीक है, कल ले आना।' दूसरे दिन फिर गुरुजी ने उस शिष्य से पूछा, 'कैलेंडर लाए?' शिष्य ने उत्तर दिया, 'नहीं, हुआ यूँ कि आज मैं दूसरे रास्ते से आया। उस रास्ते में कोई दुकान नहीं थी इसलिए कैलेंडर लाना रह गया। मैं कल पक्का लेकर आऊँगा।' गुरुजी ने कहा, 'ठीक है, कल ज़रूर लेकर आना।' फिर तीसरे दिन भी वही हुआ, गुरुजी ने पूछा और शिष्य ने कोई और कारण बता दिया।

इस तरह पाँच-छह दिन बीत जाने के बाद भी जब शिष्य ने कैलेंडर नहीं लाया तब गुरुजी ने उस शिष्य को समझाते हुए कहा कि 'ऐसा नहीं है कि मेरे पास नए साल का कैलेंडर नहीं है या मुझे तुमसे नए साल का कैलेंडर चाहिए।

मैं यह दिखाना चाहता हूँ कि तुम्हारे सत्य के मार्ग पर किस प्रकार की बाधा है। वह बाधा है, गुरु की आज्ञा का पालन न कर पाना। तुम गुरु की इतनी छोटी सी आज्ञा का भी पालन नहीं कर पा रहे हो तो आगे चलकर सत्य के मार्ग पर चलने के लिए किसी बड़ी आज्ञा का पालन करने का समय आएगा, तब तुम वह कैसे कर पाओगे? छोटी सी आज्ञा का पालन जब कठिन हो रहा है तो गुरु द्वारा बताए जा रहे मार्ग पर कैसे चलोगे? उस ज्ञान को आत्मसात करके उसे अपने जीवन में कैसे उतारोगे, जिसे गुरु दे रहे हैं?'

यदि शिष्य द्वारा एक छोटी सी बात क्रिया में नहीं उतर रही तो ज्ञान भी क्रिया में नहीं उतर पाएगा। इसलिए शिष्य के लिए गुरु की आज्ञा का पालन करना ज़रूरी है। गुरु की ये ही छोटी-छोटी बातें होती हैं, जिन पर ध्यान देने से, जिनका पालन करने से शिष्य के जीवन में अच्छे और सुखद परिवर्तन होते हैं।

शिष्य अपनी बुद्धि से सोचता है कि इस आज्ञा का पालन नहीं किया तो क्या हो जाएगा? कोई खास फर्क नहीं पड़ेगा। यह नहीं किया तो भी चलता है, वह नहीं किया तो भी चलता है। मगर गुरु की हर आज्ञा महत्वपूर्ण होती है। इसीलिए कहते हैं कि 'गुरु बिन होत न ज्ञान।'

सत्य का ज्ञान नया नहीं है, बहुत ही पुरातन है, सिर्फ चाहिए-हृदय की पहचान, अटूट विश्वास, बेझिझक कपटमुक्तता और गुरु आज्ञा के प्रति बेशर्त प्रेम।

गुरु की आज्ञा का महत्त्व एकलव्य ने समझा था। गुरु द्रोणाचार्य ने यह कहकर एकलव्य को धनुर्विद्या का ज्ञान देने से मना कर दिया कि वे राजपुत्रों को ही शिक्षा देते हैं और एकलव्य तो एक भील बालक था। मगर एकलव्य ने निश्चय कर लिया था कि वह धनुष्य बाण की शिक्षा गुरु द्रोणाचार्य से ही लेगा क्योंकि गुरु द्रोणाचार्य उस समय के सर्वोत्तम गुरु थे। अत: उसने जंगल में अपनी कुटिया में द्रोणाचार्य की मिट्टी की मूर्ति बनाई और उस मूर्ति के सामने ही धनुष्य बाण का अभ्यास करने लगा।

एक समय ऐसा आया कि एकलव्य के कौशल को देखकर स्वयं द्रोणाचार्य भी आश्चर्यचकित रह गए। हुआ यूँ कि गुरु द्रोणाचार्य अपने शिष्यों पांडु पुत्रों और कौरव पुत्रों को लेकर जंगल में आखेट के लिए निकले थे। उनका शिकारी

कुत्ता भौंकता हुआ एकलव्य की कुटिया की ओर से गुज़र रहा था। अपने अभ्यास में बाधा आते देख एकलव्य ने अपने तरकश से इतनी कुशलता से तीर चलाए कि उस शिकारी कुत्ते का मुँह बाणों से भर गया मगर उसके मुँह में कहीं भी चोट नहीं आई। उसके इस कौशल को देखकर द्रोणाचार्य तथा उनके सभी शिष्य आश्चर्य से देखते रह गए।

जब एकलव्य से पूछा गया कि उसके गुरु कौन हैं, जिसने उसे धनुष्य विद्या में इतना निपुण बनाया है तो उसने द्रोणाचार्य से कहा, 'मेरे गुरु आप ही तो हैं।' इस पर द्रोणाचार्य ने कहा, 'मगर मैंने तो तुम्हें शिक्षा नहीं दी।' यह सुनकर एकलव्य द्रोणाचार्य को अपनी कुटिया में ले गया। वहाँ अपनी ही मिट्टी की मूर्ति देखकर द्रोणाचार्य को आश्चर्य हुआ। धनुर्धर अर्जुन के हाथों पाप का नाश तय था इसलिए द्रोणाचार्य ने एकलव्य से गुरुदक्षिणा में उसके दाएँ हाथ का अंगूठा माँग लिया और एकलव्य ने खुशी-खुशी कटार से अपना अंगूठा काटकर गुरु को दे दिया। इसे कहते हैं, गुरु की आज्ञा का पालन करना। जिस अंगूठे के कारण वह इतना बड़ा धनुर्धर बना था, उसे ही उसने अपने गुरु के चरणों में सौंप दिया।

पूरा संसार आज एकलव्य की गुरुभक्ति के आगे शीश झुकाता है।

कथन १६

लाभ या लक्ष्य में चुनाव

इस जगत में सांसारिक दुःखों और कष्टों से गुज़रता हुआ इंसान जब लाचार हो जाता है तब उसकी दृष्टि मदद के लिए ईश्वर की ओर उठती है। उसका अंतिम सहारा ईश्वर ही होता है। यह इंसान की प्रवृत्ति है। ऐसे में गुरु हमें सही मार्गदर्शन देते हैं।

स्वामी विवेकानंद भी इस अनुभव से अछूते नहीं रहे। वे भी जीवन में आनेवाले दुःखों और कष्टों से घबराकर माँ जगदंबा से इनसे मुक्ति के लिए प्रार्थना करना चाहते थे। किंतु गुरु रामकृष्ण परमहंस ने ऐसी लीला दिखाई कि उनकी मनोभावना को ही परिवर्तित कर दिया। तब विवेकानंद ने माँ जगदंबा काली से आध्यात्मिक ज्ञान और भक्ति एवं सांसारिक सुखों से अनासक्ति की

ही प्रार्थना की।

अपने अनुभव को बयान करते हुए स्वामी विवेकानंद ने कहा, 'मेरे मस्तिष्क में हज़ारों सांसारिक विचार चलते रहते थे। नौकरी करने के लिए मैंने अपना घर छोड़ दिया था। अटॉरनी के ऑफिस में नौकरी करके कुछ पुस्तकों को अनुवादित किया। कुछ पैसे कमाने के बाद भी स्थायी नौकरी पाने में सफल नहीं हुआ। अपनी माँ व भाई के लिए मैं स्थायी व्यवस्था नहीं कर पा रहा था। एक दिन मुझे विचार आया कि ईश्वर, ठाकुर (रामकृष्ण परमहंस) की सुनते हैं। मैं उनसे ही निवेदन करूँगा कि वे माँ काली से मेरे लिए प्रार्थना करें। तब मेरी माँ और भाई के कष्ट अवश्य दूर होंगे। मुझे विश्वास है कि ठाकुर मेरे निवेदन को अस्वीकार नहीं करेंगे।

यह सोचकर मैं दक्षिणेश्वर पहुँचा और ठाकुर से भेंटकर उनसे निवेदन किया। मैंने उनसे कहा, 'कृपया आप जगत माता से मेरी माँ और भाई की आर्थिक समस्या को सुलझाने हेतु प्रार्थना करें।' इस पर ठाकुर ने कहा, 'मैं जगत-माता से ऐसी चीज़ें नहीं माँग सकता। तुम स्वयं ही उनसे क्यों नहीं कहते? तुम्हारी पीड़ा का कारण है, तुम्हारा माता पर अविश्वास।'

मैं अपनी ही बात पर अड़िग रहा। मैंने उनसे कहा, 'मैं माँ को नहीं जानता जबकि आप जानते हैं। इसलिए आप ही मेरे लिए उनसे यह प्रार्थना करें। जब तक आप उनसे नहीं कहते, मैं यहाँ से नहीं हिलूँगा।' ठाकुर ने मुस्कराते हुए प्रेम से कहा, 'मैं अनेकों बार उनसे कह चुका हूँ कि वे तुम्हें कष्ट से मुक्त करें। पर वे इन प्रार्थनाओं को फलीभूत नहीं करतीं क्योंकि तुम्हें उनकी शक्ति पर विश्वास नहीं है। आज मंगलवार है, तुम माता के मंदिर जाकर उन्हें नमन करो। तुम्हारी इच्छा अवश्य पूर्ण होगी। जगत माता के पास दिव्य शक्ति है, वह सृष्टि की जन्मदात्री है। अगर वे चाहें तो उनके लिए क्या मुश्किल है।' ठाकुर के उन शब्दों को सुनकर मैं विश्वास से भर गया। मैं रात को तीन घंटे बेसब्री से इंतज़ार कर रहा था। एक प्रहर रुकने के पश्चात ठाकुर ने मुझे काली माता के मंदिर जाने के लिए कहा।

जैसे ही मैं मंदिर में प्रवेश करने लगा, मेरे पैर काँपने लगे। माँ को देखने व उनकी आवाज़ सुनने का दृढ़ विश्वास था। मंदिर में प्रवेश करते ही माँ की जागृत व प्रेम की प्रतिमूर्ति देखी। इतनी सुंदर व दिव्य छवि को देख मैं श्रद्धा और प्रेम से भर उठा। मैं स्वयं को और भौतिक जगत को भूल गया। मन के सभी सांसारिक विचार मिट गए। केवल माता का विचार मेरे जहन में रह गया। मैंने बारंबार प्रणाम करते हुए उनसे कहा, 'माँ, मुझे वरदान दें कि मैं सही व गलत की पहचान कर सकूँ। अनासक्ति, आध्यात्मिक ज्ञान और भक्ति प्राप्त करूँ। आपके दर्शन, बिना किसी रुकावट के कर सकूँ।' यह सब कहते हुए मैं अत्यंत शांति अनुभव कर रहा था। सारा संसार अदृश्य हो गया, केवल माँ ने मेरे हृदय में स्थान ले लिया था।

जब मैं ठाकुर के पास लौटा तो उन्होंने पूछा, 'नरेंद्र, क्या तुमने माँ से अपनी इच्छाओं की प्रार्थना की?' मैं आश्चर्यचकित रह गया और मैंने कहा, 'नहीं ठाकुरजी, मैं तो वह सब माँगना भूल गया। अब मैं क्या करूँ?' उन्होंने कहा, 'फिर से उनके पास जाओ और उनसे प्रार्थना करो।' लेकिन जैसे ही मैं माँ के मंदिर गया फिर से सारी बातें भूल गया। उनका वंदन करते हुए मैंने उनसे ज्ञान और भक्ति की माँग की और लौट आया। ठाकुर ने मुझसे पूछा, 'अब तो माँ को बता दिया या नहीं?' मैंने उनसे कहा, 'नहीं महाराज, मैं उनकी दिव्य शक्ति के कारण मंत्रमुग्ध हो जाता हूँ। उनके सम्मुख खड़ा होकर सब कुछ भूल जाता हूँ और केवल ज्ञान व भक्ति माँगता हूँ।'

ठाकुर ने मुस्कराकर कहा, 'तुम इतनी साधारण सी बात भी माँ से नहीं कह पाए। अगर संभव हो तो जो भी तुम चाहते हो, उनसे जाकर कह दो।' मैं फिर मंदिर गया। इस बार मुझे यह विचार आया कि 'मैं माँ से कितनी साधारण वस्तु माँगने आया हूँ। माँ से तो केवल ज्ञान और भक्ति ही माँगी जानी चाहिए।' अपनी सांसारिक माँग पर मैं बहुत शर्मिंदा हुआ।

ठाकुर भी यही कहते हैं कि जब पूरा बगीचा मिल रहा हो तो एक ही फूल क्यों माँगना। क्या मेरी बुद्धि इतनी संकीर्ण हो गई है कि मैं इतनी छोटी चीज़ माँगने चला आया? मैं पुन: माँ से यही कहता रहा कि 'मैं केवल ज्ञान और

भक्ति चाहता हूँ और कुछ नहीं।' तब मुझे विचार आया कि यह सब ठाकुर की दिव्य लीला के कारण हो रहा है वरना तीन बार माँ के पास जाकर भी मैं उनसे कुछ क्यों नहीं कह पाया?

उसके पश्चात मैंने ठाकुर से कहा, 'मैं समझ गया कि आपके कारण ही मैं सब भूल गया। अब आप ही मुझे वचन दें कि मेरी माँ और भाई को कभी भोजन और कपड़े की कमी नहीं रहेगी।' उन्होंने कहा, 'आज से पहले मैंने ऐसी प्रार्थना किसी के लिए नहीं की है और न ही कर सकता हूँ। मैंने तुमसे कहा कि तुम जो भी माँ से माँगोगे तुम्हें मिल जाएगा लेकिन तुम कह नहीं पाए। अगर तुम्हारे भाग्य में वैश्विक सुख नहीं है तो मैं क्या करूँ?' इस पर मैंने उनसे कहा, 'ठाकुरजी मुझे पूरा विश्वास है कि अगर आप आशीर्वाद दें तो मेरी माँ और भाई कभी दुःखी नहीं रहेंगे।' जब मैंने उनसे आग्रह किया तो उन्होंने कहा, 'अच्छा जाओ, उन्हें बुनियादी चीज़ों को पाने में कभी कष्ट नहीं उठाना पड़ेगा।'

शिष्य उपनिषद्

जब भी गुरु की शरण में जाएँ तो उनसे सांसारिक उलझनों की चर्चा, मायावी चीज़ों की माँग न करें। दरअसल गुरु तो आपको दुनिया के नाटक से बाहर लाना चाहते हैं। जब आप नाटक व उसमें किए गए अभिनय की बात करते हैं तो गुरु समझ जाते हैं कि आपको अभी नाटक से बाहर आने में समय है। ऐसे में वे आपको कुछ समय के लिए, न कि हमेशा के लिए छोड़ देते हैं या फिर ज़ोर का डंडा मारते हैं, जिससे आप नाटक से बाहर आने के लिए तैयार हो जाते हैं। ऐसे में यह भी आशंका बनी रहती है कि कहीं आप गुरु पर नाराज़ न हो जाएँ। लेकिन आपको गुरु पर नाराज़ होने के बजाय ईमानदारी से मनन करना चाहिए। वास्तव में गुरु की हर क्रिया आपको अपने आप पर ले जाने के लिए है, आपका दिल दुखाने के लिए नहीं।

एक तरफ स्वामी विवेकानंद जैसे शिष्य होते हैं, जो चाहकर भी ईश्वर

से सांसारिक चीज़ें नहीं माँग पाते और दूसरी तरफ ऐसे भी शिष्य होते हैं, जो लाभ और लक्ष्य में हमेशा लाभ का ही चुनाव करते हैं। वे तेजलाभ (लाभ और हानि से परे तेजलाभ) के महत्त्व को नहीं जानते। वे सुविधा और सत्य के बीच सही चुनाव नहीं कर पाते। हमेशा सुविधा के लोभ में पड़कर अपने कुल-मूल-लक्ष्य (सत्य प्राप्ति) को छोटी इच्छाओं से बचा नहीं पाते। वे अपनी सांसारिक इच्छाओं को पूरा करने का प्रयत्न करते रहते हैं। ऐसे लोग असुविधाओं से घबराकर कई बार सत्य श्रवण भी नहीं करते। उनका पूरा ध्यान लाभ में होता है। वे खुद को और दूसरों को शरीर मानकर ही जीवन में अपनी चाहते रखते हैं।

ऐसे लोग धन-दौलत प्राप्त करना चाहते हैं। वे यही मानते हैं कि आलीशान बंगला, गाड़ी मिली तो ही जीवन सफल है, वरना असफल। इंसान जीवन का कुल-मूल-लक्ष्य भुला बैठा है। ऐसे इंसान को सच्ची राह दिखानेवाले की आवश्यकता है। ऐसे गुरु की आवश्यकता है जो बताए, 'सांसारिक-भौतिक सुखों की लालसा में तुम अपना अमूल्य जीवन नष्ट कर रहे हो। जल्द से जल्द सत्य प्राप्ति की राह पर चलें। अपनी सभी गलत मान्यताओं को नष्ट कर दें, भस्म कर दें। तुम्हारे भाव, विचार, वाणी और क्रिया सब अलग-अलग दिशा में जा रही हैं। गर्दन से तो हाँ कह रहे हो कि सत्य चाहिए मगर तुम्हारा शरीर कुछ अलग बता रहा है। तुम्हारी आँखें कुछ अलग बता रही हैं। तुम्हारी वाणी कुछ कह रही है और क्रिया कुछ अलग ही बता रही है।'

जब इंसान बँटा हुआ जीवन जीता है तब उसका जीवन उलझनों से भरा होता है। वह तारीफ, पद, नाम, प्रतिष्ठा, सुविधा, सुरक्षा मिलने के चक्कर में ही उलझा रहता है। सही मार्गदर्शन से वह समझ जाता है कि सत्य प्राप्त करने से जीवन आनंदित हो सकता है। तब वह लाभ से ज़्यादा लक्ष्य पर ध्यान देता है। फिर वह उसके लिए समय निकालकर सत्य श्रवण, ध्यान, प्रार्थना, अर्चना के मार्ग पर ही चलता है।

स्वामी विवेकानंद की तरह सच्ची प्रज्ञा तलाशनेवाला सदैव आध्यात्मिक

ज्ञान और भक्ति चाहता है न कि सांसारिक सुख। वह ऐसी चीज़ें ही चाहेगा, जिससे समाज का कल्याण हो। उसकी प्रार्थना में कहीं स्वार्थ की भावना नहीं होगी। अत: ऐसे खोजी (सत्य की खोज करनेवाले) की इच्छा पूरी होने से संपूर्ण ब्रह्माण्ड का कल्याण होगा।

कथन १७

कर्मों का अदृश्य प्रभाव

गुरु नानकदेव अपने साथियों के साथ देशभर में घूम-घूमकर लोगों को उपदेश देते थे। ज्ञानोपदेश के लिए वे अकसर जहाँ भी जाते थे, उस गाँव या कस्बे के बाहर ही ठहरते थे। नियमानुसार, प्रतिदिन वे ध्यान किया करते थे। उनके डेरे में प्रतिदिन सत्संग का आयोजन होता था। जिसे आसपास के गाँव-कस्बे के लोग सुनने आया करते थे। ऐसे ही एक बार गुरु नानकदेव किसी कस्बे के बाहर ठहरे हुए थे। वर्षाऋतु का समय था। फिर भी भक्तगण नियमित रूप से उनके दर्शन के लिए वहाँ आते थे।

एक भक्त प्रतिदिन उनके दर्शन करने आता था। वह गुरु नानक की बानी और सुवचनों को सुना करता था। रोज़ाना की तरह वह गुरु नानक के डेरे पर

जा रहा था कि तभी उसकी मुलाकात एक वेश्या से हुई। वेश्या के मोहक रूप से वह अनायास ही उसकी ओर आकर्षित हो गया। इसके पश्चात वह प्रतिदिन गुरुदर्शन के बहाने घर से बाहर निकलता था मगर डेरे पर न जाकर उस वेश्या के पास चला जाता था।

इसी भक्त का एक मित्र था। वह भी प्रतिदिन नियमानुसार गुरु दर्शन के लिए जाया करता था। एक दिन डेरे पर जाते समय उसके पैर में काँटा चुभ गया। काँटे की चुभन से उसे काफी पीड़ा हुई। दूसरी ओर, वेश्या के पास जानेवाले मित्र को मार्ग में एक सोने की जंजीर मिली। उस जंजीर को पाकर वह बेहद प्रसन्न हुआ।

कुमार्ग पर चल रहे अपने मित्र से जब सोने की जंजीर के बारे में पता चला तब इस घटना से वह भक्त संभ्रमित हो गया। उसके मन में विचार उठा कि 'मैं प्रतिदिन गुरु दर्शन के लिए जाता हूँ। कोई भी पाप या दुष्कर्म नहीं करता। सुमार्ग पर चलने पर भी मेरे पैर में काँटा चुभा। वहीं मेरा मित्र जो कुमार्ग पर चल रहा है, घर में झूठ बोलकर वेश्या के पास जाता है फिर भी उसे मार्ग में सोने की जंजीर मिली! ऐसा क्यों?'

कौन से कर्मों का कैसा फल आता है, इस बात को लेकर वह असमंजस में पड़ गया। उसे इस प्रश्न का उत्तर नहीं मिल रहा था। प्रात:काल प्रार्थना के समय उसने गुरु नानकदेवजी से इस घटना की चर्चा की। उनके सामने अपनी दुविधा रखी। किंतु यह बात सुनकर गुरु नानकदेव मुस्करा पड़े।

गुरु नानकदेव ने उस मित्र की जिज्ञासा को शांत करते हुए कहा, 'तुम्हारे मित्र को सोने की एक जंजीर मिली। यह उसके पहले किए गए सतकर्मों का फल था किंतु उसके बाद क्या? उसकी प्राप्ति बस यहीं तक सीमित है। अब वह पथभ्रष्ट हो गया है। अब उसे जो भी फल प्राप्त होगा, वह उसके अभी के कर्मों के अनुसार ही होगा। उसे उसके दुराचरण के फलस्वरूप कष्ट भोगना ही पड़ेगा।'

गुरु नानकदेव ने आगे कहा, 'तुमने पहले जो भी बुरे कर्म किए थे, उनका फल काँटे के चुभन के कष्ट से तुम्हें प्राप्त हुआ। जबकि तुम्हें तुम्हारे किन्हीं कर्मों के कारण सूली पर चढ़ना था। अर्थात जो भी कष्ट झेलने थे वे तुम्हारे सत्कर्मों के कारण मात्र काँटे से मिले कष्ट तक ही सीमित होकर रह गए। इसके उपरांत तुम्हारे सत्संग, सत्कर्म, सुमार्ग का उचित फल ही तुम्हें प्राप्त होगा।'

शिष्य उपनिषद्

गुरु के सान्निध्य से शिष्य का सदा कल्याण ही हुआ है। गुरु के मार्गदर्शन से शिष्य का जीवन परिवर्तित हो जाता है। गुरु अर्थात सत्कर्म व सन्मार्ग की ओर प्रेरित करनेवाला मार्गदर्शक है। इस प्रेरणा के फलस्वरूप शिष्य का भविष्य सुनहरा व उज्ज्वल हो जाता है। कर्मफल के प्रति उसका अज्ञान भी समाप्त हो जाता है। यही है गुरु का महत्त्व।

गुरु आपको कर्मफल, कर्मों के दुश्चक्र व उसके बंधन से बाहर निकालते हैं। पूर्व कर्मों के दुष्फल जिन्हें आप दु:ख, कष्ट कहते हैं, उन्हें किस प्रकार हँसते-हँसते भोगना है, इसकी प्रेरणा गुरु ही आपको देते हैं। इस चक्रव्यूह से बाहर निकलने पर जब आपके ज्ञानचक्षु खुल जाते हैं तब आप उस भ्रमजाल से बाहर निकल जाते हैं। फिर आप तेजस्थान अर्थात हृदय स्थान पर केंद्रित हो जाते हैं और तब आप देख पाते हैं कि दरअसल आप तो पहले से ही मुक्त थे।

गुरु द्वारा दिए गए ज्ञान से ही आप जान पाते हैं कि कुछ क्षण पहले सभी कर्म आपके थे, ज्ञान मिलने के दूसरे ही क्षण आप उन कर्मों से, उनके संचित प्रभावों से मुक्ति पा जाते हैं। पूर्व कर्मों का वह खाता भी अब खाली हो जाता है। जबकि पहले आप उसी के कारण दु:खी होते रहते थे। लेकिन अब दु:ख झेलने की आवश्यकता ही नहीं रहती। गुरु ज्ञान से फल की इच्छा किए बिना ही आप सुकर्म के मार्ग पर चलने लगते हैं।

कई बार लोगों के मन में यह सवाल उठता है कि कुछ लोग अच्छे कर्म

करने के बाद भी उसके बुरे फल भुगतते हैं और कुछ लोग बुरे कर्म करने के बावजूद अच्छे फल प्राप्त करते हैं। ऐसा क्यों होता है?

कुछ लोग यह सोचकर कर्म करते हैं कि बुरे लोग बुरा कर्म करके भी उनका जीवन अच्छा चलता है इसलिए हमें भी बुरे कर्म करने चाहिए। ऐसी सोच रखने के पीछे एक कारण यह है कि उस इंसान से क्या-क्या हो चुका है, यह आपको मालूम नहीं है। क्योंकि सब कुछ अदृश्य में चल रहा है, जो आपको दिखाई नहीं देता। आपको यह दिखाई देता है कि बुरा कर्म करके भी लोगों को अच्छा फल मिलता है मगर उनके द्वारा पहले कौन से कर्म हो चुके हैं, यह आपको मालूम नहीं है। उनके शरीर, मन, बुद्धि से अनेक कर्म हो चुके हैं। उनके द्वारा कई प्रार्थनाएँ हो चुकी हैं, जो आपको दिखाई नहीं देतीं। आपको केवल उनकी आज की स्थिति दिखाई देती है। आपको उनकी आंतरिक अवस्था का पता नहीं है। इसे एक उदाहरण से समझें।

आपके पास तीन खाली टंकियाँ हैं। उन तीनों टंकियों के नीचे नल लगा हुआ है। आपने पहली टंकी में चावल भरकर रखे हैं, दूसरी टंकी में गेहूँ भरकर रखे हैं और तीसरी टंकी में गेहूँ और चावल, दोनों का मिश्रण भरकर रखा है। जिस तरह आप चावल की टंकी का नल खोलेंगे तो उसमें से सिर्फ चावल ही निकलेंगे। उसी तरह गेहूँ की टंकी का नल खोलेंगे तो उसमें से सिर्फ गेहूँ के दाने ही निकलेंगे। यह सामान्य बुद्धि की बात है। इस उदाहरण से इस सवाल को समझें। लोगों के मन में हमेशा यह सवाल आता है कि जो लोग अच्छे कर्म करते हैं उनके साथ बुरा क्यों होता है? उनके साथ बुरी घटनाएँ क्यों होती हैं?

इसे ऐसे समझें कि चावल यानी अच्छे कर्म का फल और गेहूँ यानी बुरे कर्म का फल। एक इंसान चावल की टंकी में ऊपर से गेहूँ (बुरे कर्म) डाल रहा है मगर फिर भी उस टंकी के नल से चावल (अच्छे फल) ही बाहर आते हैं। दूसरा इंसान गेहूँ की टंकी में ऊपर से चावल डाल रहा है मगर नीचे से गेहूँ के दाने निकल रहे हैं।

अब जो इंसान चावल की टंकी में ऊपर से गेहूँ डाल रहा है यानी वह बुरे कर्म कर रहा है, यह सभी को दिख रहा है मगर फिर भी टंकी के नल से चावल ही बाहर आते हैं यानी बुरा कर्म करके भी वह इंसान खुश दिख रहा है और सभी लोग उसी की जय-जयकार कर रहे हैं हालाँकि वह गेहूँ डाल रहा है। हर इंसान के अंदर की अवस्था आप नहीं जानते, न ही उनके गुण जानते हैं। अच्छे गुण भी अच्छे फल देते हैं, चाहे वे गुण बुरे इंसान में क्यों न हों।

तीसरी टंकी में गेहूँ और चावल दोनों की मिलावट है। वास्तव में हर इंसान के साथ ऐसा ही है यानी अच्छे और बुरे फल साथ में रहते हैं इसलिए तीसरी टंकी से गेहूँ के दाने निकलेंगे या चावल के दाने निकलेंगे? यह इस बात पर निर्भर करता है कि आप किन चीज़ों को अपनी प्रार्थना द्वारा आमंत्रण देते हैं और कैसे आमंत्रित करते हैं। प्रार्थना भी एक कर्म है अत: प्रार्थना का कर्म करके आप खुद-ब-खुद अच्छे फलों को आकर्षित करेंगे। इस उदाहरण से यह बात स्पष्ट की जा रही है कि अच्छे के साथ बुरा और बुरे के साथ अच्छा क्यों होता है तथा हमें आज कौन से कर्म टंकी में डालने चाहिए। वर्तमान में आपको टंकी में चावल (अच्छे कर्म) डालने हैं या कंकड़ (बुरे कर्म)। इसका निर्णय आप स्वयं लें, यह चुनाव अब आपके हाथ में है।

'कर्म करो, फल की इच्छा मत रखो', ऐसा जब कहा गया तब उसके पीछे यही बताना था कि कर्म करेंगे तो फल स्वत: आएगा, वह तो कर्म से जुड़ा ही है। हर कर्म का फल आता ही है। फल केक के ऊपर की चेरी समान है, बहुत स्वादिष्ट है और कर्म बोरिंग है। इसलिए लोग पहले फल पाना चाहते हैं। फल से ध्यान हटाने के लिए ऐसे वाक्य कहे गए हैं। जो लोग इसी वाक्यानुसार फल की इच्छा किए बिना कर्म करते हैं, उन्हें उसके परिणाम भी जीवन में दिखाई देते हैं। यही सिद्धांत है।

कर्म करते हुए उसे किसी फल की आशा नहीं होनी चाहिए। आशा हो तो महाफल (स्वअनुभव) की, वह भी सिर्फ ईश्वर से। खोजी (सत्य शोधक)

का हर कार्य 'ईश्वर के लिए' और 'ईश्वर ही कर रहा है' इस समझ से होना चाहिए। उसे ईश्वर से कुछ कामना न हो, यदि वह माँगे भी तो ईश्वर से ईश्वर को ही माँगे। उसे गुरु में ईश्वर को देखकर उसकी आज्ञा में रहना चाहिए।

कथन १८

नरभक्षी कौड़ा का हृदय परिवर्तन

सिखों के महान संत गुरु नानकदेव अपना जीवन जनमानस में आत्म ज्ञान जगाने में व्यतीत करते थे। वे गाँव-गाँव घूमकर लोगों में ज्ञान का संचार करते थे। इस कार्य को करते हुए वे अकसर दूर-दराज़ के स्थानों तक निकल जाते थे। बाला और मरदाना नामक उनके दो शिष्य इस कार्य में उनके साथ-साथ ही रहते थे।

एक बार गुरु नानकदेव, बाला और मरदाना को साथ लेकर ज्ञान का प्रचार करने निकल पड़े। मार्ग में वे तीनों शब्द-कीर्तन करते जा रहे थे। लोगों में धर्मोपदेश देते-देते वे बहुत दूर, आसाम के घने जंगलों में जा पहुँचे।

जंगल काफी घना था। बहुत देर तक भटकते-भटकते वे सभी थक चुके थे। अब उन्हें भूख भी लगने लगी थी। थके-मांदे वे एक पेड़ के नीचे बैठकर

सुस्ताने लगे। मरदाना को भूख बहुत सता रही थी। आसपास ढूँढ़ने पर भी खाने को कुछ न मिला। तब उसने गुरुजी से आज्ञा ली और खाने योग्य सामग्री ढूँढ़ने निकल पड़ा।

उसी जंगल में कहीं एक नरभक्षी मानव रहता था। उसका नाम कौड़ा था। कोई भी इंसान उसके सामने आता तो वह उसे मारकर खा जाता था। अचानक ही जंगल में मरदाना का सामना उसी नरभक्षी से हो गया। सुनसान जंगल में मरदाना को देख कौड़ा उस पर टूट पड़ा। मरदाना को उसने रस्से से बाँधा और अपने निवास स्थान पर ले आया।

कौड़ा मरदाना को लेकर जहाँ गया, वहाँ पर तेल से भरी हुई एक बड़ी कड़ाही तैयार रखी हुई थी। जिसमें वह मनुष्यों का माँस तलकर खाया करता था। दुष्ट कौड़ा, उस बड़ी कड़ाही के नीचे आग सुलगाने लगा। यह भयानक दृश्य देखकर मरदाना काँप उठा। वह सोचने लगा कि इस घने, सुनसान जंगल में उसे कौन बचाने आएगा? केवल गुरुदेव ही उसकी रक्षा कर सकते हैं। मन ही मन वह गुरुदेव का करुण स्वर में स्मरण करने लगा। बहुत देर तक जब उसे बचाने कोई नहीं आया तो उसे शंका होने लगी, 'एक गुरुभक्त के साथ ऐसा कैसे हो सकता है? इतनी बड़ी विपदा मुझ पर कैसे आ गई? अब मुझे कौन इससे बाहर निकालेगा?' मृत्यु को सामने देख वह और भी भावुक हो गया। वह ज़ोर-ज़ोर से प्रार्थना करके गुरु को पुकारने लगा।

गुरु नानकदेव तो दिव्यशक्ति से संपन्न, आध्यात्मिक संत व सर्वज्ञाता थे। उन्हें तत्काल आभास हो गया कि उनका शिष्य मरदाना गंभीर संकट में पड़ गया है। वे मरदाना की प्राणरक्षा करने के लिए तुरंत निकल पड़े।

मरदाना को ढूँढ़ते-ढूँढ़ते गुरु नानकदेव कौड़ा के निवास स्थान पर पहुँचे। उन्होंने देखा कि एक ओर मरदाना के हाथ-पाँव रस्सी से बँधे हुए थे और वह असहाय पड़ा मृत्यु की घड़ियाँ गिन रहा था। दूसरी ओर कौड़ा आग जलाने की कोशिश कर रहा था।

कौड़ा गुरुजी को अचानक सामने पाकर अचंभित हो गया। वह तुरंत गुरुजी के पास पहुँचा। अपने भोजन के लिए उसे एक और मानव मिल गया। कौड़ा ने गुरुजी को भी मरदाना की ही तरह रस्सी से बाँधकर उसके समीप रख दिया। उसके बाद वह फिर से आग जलाने की तैयारी करने लगा। थोड़ी ही देर में आग

तेज़ी से जल उठी और कड़ाही का तेल भी खौलने लगा।

यह देखकर गुरु नानकदेव ने नरभक्षी कौड़ा के समक्ष अपनी इच्छा रखी। उन्होंने कहा, 'मैं चाहता हूँ कि इस खौलते तेल में पहले मुझे डाला जाए।' यह सुनकर कौड़ा को कुछ अचरज हुआ। उसने ऐसा इंसान पहली बार देखा था, जिसे मृत्यु का बिलकुल भी भय नहीं था।

अब दो मनुष्यों में से किसे पहले तेल में डाला जाए, इस बात से भला उसे क्या आपत्ति हो सकती थी। उसने गुरुदेव को उठाया और कड़ाही के खौलते हुए तेल में डालने लगा। परंतु यह क्या? गुरु नानकदेव के पैरों ने खौलते हुए तेल को जैसे ही स्पर्श किया, उबलता-खौलता तेल एकदम बर्फ जैसा शीतल हो गया। यह चमत्कार देखकर कौड़ा चकित रह गया।

गुरु नानकदेव अब भी क्रूर कौड़ा को निर्मल और शांत भाव से देख रहे थे। अब, नरभक्षी कौड़ा समझ गया कि यह कोई साधारण इंसान नहीं है। ज़रूर यह कोई महान संत है। वह तुरंत गुरुजी के चरणों में गिर पड़ा। गुरु नानकदेव ने कृपापूर्वक पूछा, 'कौड़ा! क्या तुम जानते हो तुम क्या कर रहे हो? तुम निष्पाप लोगों को मारने का जघन्य पाप कर कर रहे हो। क्या तुम नर्क की जलती हुई आग में कूदना चाहते हो?'

कौड़ा की अंतरात्मा जघन्य अपराध करते-करते लगभग मर चुकी थी। गुरु नानकदेव के वचनों को सुनते ही उसका होश जाग गया। वह पश्चाताप में डूब गया। गुरुदेव के दिव्य पावन दर्शन पाकर वह धन्य हो गया और उनकी ज्ञानपूर्ण बातें सुनकर उसे उनकी कृपा का बोध हुआ। गुरु के पैरों में गिरकर वह दया की याचना करने लगा।

तब गुरुजी ने उस पर कृपा कर उसे नाम-दीक्षा दी। नाम जप से कौड़ा का हृदय परिवर्तन हो गया। इसके बाद वह गुरु नानकदेव का समर्पित शिष्य बन गया। अब वह एक ईमानदारी भरा और सात्विक जीवन व्यतीत करने लगा। फिर जीवनभर भगवान की भक्ति में लीन रहा।

शिष्य उपनिषद्

गुरु कृपा को प्रत्यक्ष रूप में देखे बिना शिष्य दुःखी रहता है। वह सोचता है कि उस पर गुरु की कृपा नहीं है। गुरु कृपा तो हर शिष्य पर समान रूप से हो

रही होती है। परंतु उस कृपा को कोई पहचान पाता है तो कोई नहीं। उस कृपा की सही पहचान होना आवश्यक है। जब तक कृपा की पहचान नहीं होती तब तक इंसान अज्ञान, माया और बंधन में जीता है। गुरु कृपा की पहचान होना भी एक बड़ी कृपा है।

क्षणिक देरी होने पर मरदाना को लगा कि उस पर गुरु कृपा नहीं हो रही है इसीलिए गुरुजी उसकी पुकार नहीं सुन रहे हैं। अब वह इस विपदा से बच नहीं पाएगा। अपने गुरु के प्रति मरदाना का विश्वास डगमगाने लगा। दूसरी ओर नरभक्षी तो पाप व अपराध में इतना मगन था कि उसकी दृष्टि अपनी ही दुनिया तक सीमित थी। उसे ज्ञात ही नहीं था कि उस पर कितनी बड़ी कृपा होनेवाली है। वे दोनों ही गुरु कृपा से अनजान थे।

सत्य के प्यासे शिष्य को गुरु के प्रति सारी मान्यताओं तथा अविश्वास को जल्द से जल्द ज्ञान की अग्नि में तपाकर जला देना चाहिए। क्योंकि गुरु मिलने पर आप वैसे ही नहीं रहते, जैसे पहले थे। यह अवस्था बहुत ही महत्वपूर्ण है।

बहुत से लोग शरीर को गुरु समझने की वजह से उलझन में फँसे हुए हैं। वास्तविक गुरु वही 'चेतना' (साक्षी) है, जो सबके भीतर है। उसके पूर्ण प्रकट होने को ही आत्मसाक्षात्कार कहा गया है। वह 'चेतना' किसी बाहरी शरीर के ज़रिए भी प्रकट हो सकती है। आवश्यकता पड़ने पर 'गुरु' किसी इंसान के रूप में आपके जीवन में आते हैं। परंतु इंसान अज्ञानतावश समझ नहीं पाता। वह स्वयं को तथा गुरु को भी शरीर ही मानता है। इसीलिए सर्वप्रथम यह जानना महत्वपूर्ण है कि 'मैं कौन हूँ?'

दूरदृष्टि प्राप्त करने के लिए जीवन में सद्गुरु का होना बहुत आवश्यक है। जो हमें अज्ञान और माया के बंधन से बाहर निकाले। इसी को कृपा कहा गया है।

गुरु आपको कर्म-फल-कर्म के दुष्चक्र, बंधन की गोलाई से बाहर निकालते हैं। जब आप गोलाई से बाहर निकलकर तेजस्थान (हृदय स्थान) पर स्थापित होते हैं तब देखते हैं कि आप तो पहले से ही मुक्त थे। गुरु द्वारा मिले ज्ञान से आपके ज्ञान चक्षु खुल जाते हैं, आपको अपनी मुक्त अवस्था दिखाई देती है। आपके सारे संचित कर्म नष्ट हो जाते हैं। आपके कर्मों का जो खाता (लकीरों का बंडल) जमा था, वह खाली हो जाता है। गुरु द्वारा ज्ञान मिलने से

एक क्षण पहले सारे कर्म आपके थे और ज्ञान मिलने के बाद दूसरे ही क्षण आप सभी कर्मों से, संचित फलों से मुक्त हो जाते हैं। ऐसी अवस्था आने के लिए ही गुरु आपसे निरंतरता से सत्य श्रवण, मनन, पठन करवाते हैं। गुरु की आज्ञा में रहने से आपको अपने जीवन में सत्य का परिणाम साफ-साफ दिखाई देने लगता है। जब इंसान को गुरु की पहचान होती है तब वह पहली बार आनंद, प्रेम और भक्ति महसूस करता है। यही है गुरु का महत्त्व।

कथन १९

शिष्य की गुरु से उम्मीदें

एक गुरुकुल में गोपाल, गोविंद, नारायण और शंकर नामक चार विद्यार्थी शिक्षा प्राप्त करने गए थे। कुछ साल गुरुकुल में पढ़ने के बाद उनकी शिक्षा पूरी हो गई। गुरुजी उनके व्यवहार और शिक्षा में हुई प्रगति से काफी संतुष्ट थे। शिक्षा प्राप्त करने के बाद वे गुरुकुल से अपने-अपने घर जाने के लिए तैयार थे। गुरुकुल से निकलने से पहले वे चारों अपने गुरु का आशीर्वाद लेने के लिए उनके पास पहुँचे। गुरुजी ने उन्हें आशीर्वाद देते हुए कहा कि 'मैं आप सभी की शिक्षा पूर्ण होने पर प्रसन्न हूँ। आप सभी बताएँ कि गुरुकुल की निशानी के तौर पर आप यहाँ से क्या लेकर जाना चाहेंगे?'

बहुत ही सोच-विचार करने के बाद चारों ने एक-एक करके जवाब दिया। सबसे पहले गोपाल ने कहा, 'गुरुजी, मुझे आपका छाता बहुत पसंद है। आपकी

और गुरुकुल की निशानी के तौर पर मैं इसे ले जाना चाहता हूँ।' उसके बाद गोविंद ने कहा, 'गुरुजी, मैं आपकी पुस्तक अपने साथ ले जाना चाहता हूँ। उसमें आपके द्वारा बहुत सी आध्यात्मिक बातें लिखी गई हैं। उनका अध्ययन करके मैं उसका लाभ उठाना चाहूँगा।' फिर नारायण ने कहा, 'मैं इस गुरुकुल के विद्यार्थियों द्वारा बनाई गई पुस्तक ले जाना चाहता हूँ। ज्ञान संबंधी बातें मैं उस पुस्तक में ही लिखा करूँगा। वह पुस्तक मुझे इस गुरुकुल की और आपकी भी याद दिलाएगी।'

अंत में जवाब देने की बारी आई शंकर की। उसने कहा, 'गुरुजी आपने मुझे भगवान का नाम जपने का मंत्र सिखाया है। वह मंत्र देकर आपने मुझे सब कुछ दे दिया। अब मुझे आपसे कुछ भी नहीं चाहिए। इस मंत्र का जाप करते ही मुझे आपकी याद आ जाती है। जब मैं मंत्र जाप करता हूँ तो ऐसा लगता है जैसे मैं ईश्वर के करीब हूँ। ईश्वर के नाम-जाप का मंत्र पाकर मैं धन्य हो गया हूँ। ऐसा लगता है कि जीवन में मेरे पास सब कुछ है।' शंकर का यह जवाब सुनकर गुरुजी बहुत खुश हुए। उन्होंने खुशी से अनेक आशीर्वाद देकर उसे गुरुकुल से विदा किया।

शिष्य उपनिषद्

कुछ शिष्य गुरु से ज्ञान पाकर भी बाहरी चीज़ों में उलझते हैं, गुरु से कुछ उम्मीदें रखते हैं लेकिन सच्चे शिष्य गुरु ज्ञान को अपने जीवन में उतारने को ही महत्त्व देते हैं। वे सिर्फ गुरु भक्ति और ज्ञान से ही संतुष्ट होते हैं।

अकसर इंसान अपने गुरु से कई उम्मीदें जोड़ लेता है। यह बहुत ही स्वाभाविक बात है। कुछ लोग सत्संग में उम्मीदें लेकर जाते हैं। अगर उम्मीद पूरी न हुई तो तरह-तरह की शिकायत करने लगते हैं। कोई कहता है, 'हम सत्संग में गए मगर गुरुजी ने हमारी तरफ आँख उठाकर देखा भी नहीं।' कुछ इस बात का बुरा मनाते हैं कि गुरुजी से उन्हें आशीर्वाद नहीं मिला। वे कहते हैं, 'और लोगों को तो गुरुजी ने आशीर्वाद दिया पर हमें उनका आशीर्वाद नहीं मिला।' इन छोटी-छोटी बातों से कुछ लोग नाराज़ भी हो जाते हैं। नाराज़गी में वे फैसला कर बैठते हैं कि अब हम सत्संग में कभी नहीं जाएँगे।

यहाँ गुरु का स्वरूप समझने की आवश्यकता है। गुरु तो भगवान का वह रूप है, जो लोगों में ज्ञान बाँटता है। लोग उन्हें हाड़-माँस का पुतला समझने की गलती करते हैं। गुरुजी के पाँव छूने को न मिलने पर वे अप्रसन्न हो जाते हैं। जबकि ध्यान करेंगे तो पाएँगे कि गुरुजी के पाँव तो हमारे हृदय (तेजस्थान) पर ही हैं।

सच्चा शिष्य वही है, जो गुरु चरणों को अपने हृदय में धारण कर लेता है। गुरु चरणों के साथ प्रेम, ईश्वर के साथ प्रेम ही है क्योंकि यहीं से सत्य का दरवाज़ा खुलता है। कबीर ने इस बात को इस तरह कहा है– 'गुरु-गोविंद दोनों खड़े हैं तो मैं किसके पाँव पड़ूँ? बलिहारी जाऊँ मैं गुरु पर जो उन्होंने ईश्वर के दर्शन करा दिए।' लेकिन हकीकत में शिष्य को पाँव पड़ने की ज़रूरत ही नहीं है क्योंकि वह पहले से ही गुरु चरणों में है। साथ ही यदि गुरु और ईश्वर दोनों सामने खड़े हों तो 'मैं' कहनेवाला शिष्य बचता ही नहीं तो कौन पाँव पड़ेगा, कौन यह निर्णय लेगा कि किसके पाँव पड़े जाएँ? जब भी गुरु के आशीर्वाद की आवश्यकता हो तो सच्चा शिष्य तुरंत अपने मन में झाँक लेता है। हर समय वह गुरु को अपने समीप ही पाता है। गुरु का आशीर्वाद उसे उसी समय मिल जाता है।

कुछ शिष्य गुरु का ध्यान अपनी ओर खींचने की कोशिश करते रहते हैं। परंतु ध्यान का केंद्र तो आपके अंदर ही है। वहाँ ध्यान लगाएँगे तो आपको भरपूर ध्यान मिल जाएगा। ध्यान कोई वस्तु नहीं, जिसे माँगा जाए। आप हृदय का नल खोलकर तो देखें, ध्यान की धाराएँ बहने लगेंगी।

गुरु से ध्यान दीक्षा ग्रहण करते हुए शिष्य ध्यान, योग साधना सीखना आरंभ करता है। गुरु से थोड़ा सा ज्ञान मिलने पर वह खुद को ज्ञानी युधिष्ठिर मानकर लोगों का ध्यान अपनी ओर खींचने का प्रयास करने लगता है ताकि लोग उसे सिद्ध पुरुष समझें। जब लोगों का ध्यान नहीं मिलता तब वह नाटक करने लग जाता है। जैसे बच्चे अपने माता-पिता का ध्यान अपनी ओर खींचने के लिए कुछ तोड़-फोड़ करते हैं। शिष्यों और साधकों को ऐसी मूर्खता करने से बचना चाहिए।

बहुत अभ्यास के बाद शिष्य किसी साधना में पक पाता है। समय से पहले और समझ से कम, किसी ज्ञान की प्राप्ति नहीं होती। गुरु तो ज्ञान प्रदान करते ही हैं, उसका उपयोग कब और कैसे करें, यह तो आपको स्वयं ही तय करना होगा। तभी वह गुरु की कसौटी पर खरा उतर सकता है।

कथन २०

भगवान महर्षि का मौन उपदेश

गुरु के उपदेश को हम कथन, पठन और श्रवण से जोड़कर ही देखते हैं। किसी को यह खयाल भी नहीं आता कि मौन अवस्था में भी उपदेश हो सकता है। भगवान रमण महर्षि से संबंधित एक घटना से यह बात स्पष्ट हो जाती है कि मौन उपदेश क्या है।

हुआ यूँ कि एक दिन संध्या समय भोजन के उपरांत रमण महर्षि के आश्रम में सभी भक्तगण उनके इर्द-गिर्द बैठे हुए थे। भगवान महर्षि विश्राम की अवस्था में तख्त पर अधलेटी अवस्था में थे। उस दिन शिवरात्रि का पर्व था। एक भक्त ने सुझाव दिया कि इस शुभ अवसर पर रात्रि के समय दक्षिणामूर्ति (गुरु) की स्तुति के स्रोत की व्याख्या होनी चाहिए। सभी ने इस सुझाव का समर्थन किया और उन्होंने रमण महर्षि से इसका अनुरोध किया। भगवान रमण भला अपने भक्तों का अनुरोध किस तरह ठुकरा सकते थे। उन्होंने तुरंत ही अपनी स्वीकृति दे दी।

रात्रि के समय भगवान महर्षि आकर अपने आसन पर बैठ गए। सभी भक्त प्रसन्नता से उनके वचनों की प्रतीक्षा करने लगे। परंतु महर्षि रमण कुछ न बोले। बस अपने शिष्यों की ओर ध्यान से देखते रहे। समय बीतता गया, भक्त आतुर होकर उनकी ओर देखकर इंतज़ार करते रहे कि वे अभी कुछ बोल पड़ेंगे किंतु रमण महर्षि का मौन नहीं टूटा।

धीरे-धीरे सभी शिष्य महर्षि के समान ही एकदम शांत और मौन होकर बैठ गए। वह मौन इतना गहन था कि आश्रम की घड़ी की टिकटिक भी साफ-साफ सुनाई दे रही थी। यह ध्वनि भी मौन में बाधा न डाल पाई। घड़ी निरंतर चलती रही, आगे बढ़ती रही। देखते ही देखते सुबह के चार बज गए। बिना हिले-डुले काफी संख्या में भक्त मौन बैठे थे, ऐसा प्रतीत हो रहा था जैसे किसी का अस्तित्त्व ही नहीं हो।

अब तक भक्तगणों के भीतर मौन एक आनंद के समान उतर गया था। पूरे सात घंटे तक वे वैसे ही नि:शब्द बैठे रहे। जैसे भगवान रमण महर्षि ने दक्षिणामूर्ति की भाँति सभी लोगों को इस मौन में पूर्णता का उपदेश दे दिया हो। घड़ी के चार बजाते ही भगवान महर्षि ने भक्तों से पूछा, 'क्या आप लोग मौन उपदेश का अर्थ समझ पाए?' यह सुनते ही सभी भक्तगण आनंद के सागर में उठती हुई तरंगों की तरह भगवान के चरणों में कृतज्ञतापूर्वक नतमस्तक हो गए।

भगवान रमण ने मौन रहकर जो अर्थपूर्ण उपदेश दिया उसे शिष्य भली-भाँति समझ चुके थे। जहाँ शब्द नहीं, केवल भाव मौजूद थे। भक्तों ने मौन में ही वह आनंद प्राप्त कर लिया था, जो भगवान के शब्दयुक्त उपदेश में होता।

शिष्य उपनिषद्

हमें भी ज़रूर यह मनन करना चाहिए कि गुरु के सामने हमारी उपस्थिति कैसी होती है? गुरु से ज्ञान लेते समय हम कितने ग्रहणशील रहते हैं? क्या हमारी इतनी तैयारी हो चुकी है कि हम मौन उपदेश ग्रहण कर पाएँ?

सत्य शोधक के मन में यह प्रश्न उठना स्वाभाविक है कि 'केवल गुरु की मौन उपस्थिति से आत्मज्ञान किस तरह संभव हो सकता है?' ज्ञान प्राप्ति के उद्‌देश्य से जब खोजी किसी संस्था और गुरु से जुड़ता है तो शुरुआत में उनके साथ उसका तालमेल नहीं होता है। शुरू में वह संस्था की कार्य पद्धति और गुरु की भाषा शैली को समझने का प्रयास करता है। उस समय उसे शब्दों की आवश्यकता महसूस होती है। समय बीतने के साथ-साथ गुरु-शिष्य के बीच

उच्च कोटि का तालमेल तैयार हो जाता है। तब शिष्य गुरु के संकेतों से ही उनके भावों को समझ जाता है।

गुरु द्वारा दी गई समझ को हम ध्यानपूर्वक सुनते हैं, फिर उसे पूर्ण रूप से समझकर स्वीकार करते हुए अपने जीवन में उतारते हैं, इसी को तालमेल कहते हैं। तालमेल होने के बाद हमें गुरु के हर शब्द का अर्थ समझ में आने लगता है। तब हम शब्दों के अर्थ के अनुमान में उलझे बिना सब ग्रहण कर लेते हैं।

शब्दों का कार्य है आपको स्थिर करना। शब्द न हों तो इंसान मौन रहकर एक स्थान पर बैठ नहीं पाता। गुरु की वाणी से जो शब्द निकलते हैं वे केवल शिष्य को सत्य में, मौन में स्थिर करने के लिए होते हैं। इसके पीछे मुख्य उद्देश्य यह है कि उस वातावरण में, उस मौन में आपके अंदर का मौन जागृत हो जाए।

जब शिष्य परम मौन का महत्त्व समझ जाता है तब वह कहीं भी, किसी भी अवस्था में या किसी भी माध्यम से गुरु के ज्ञान को ग्रहण करने लगता है।

दरअसल बाहर का गुरु मिलता है हमारे अंदर के गुरु को जगाने के लिए। हमारे अंदर का गुरु कभी शब्दों के माध्यम से तो कभी मौन के माध्यम से हमारा मार्गदर्शन करता है। बाहर का गुरु हमें शब्दों से ज्ञान देता है पर मार्गदर्शन तो अंदर का गुरु ही करता है।

कथन २१

शिष्य पर सद्गुरु की कृपा

अक्कलकोट के स्वामी समर्थ एक सिद्ध पुरुष थे। उनके बहुत से अनुयायी थे, जिन पर वे सदा कृपा दृष्टि रखते थे।

अमरपुर गाँव में एक निर्धन ब्राह्मण अपनी पत्नी के साथ रहता था। पति-पत्नी दोनों श्री स्वामी समर्थ के भक्त थे। ब्राह्मण जीवनयापन के लिए प्रतिदिन गाँव में घूम-घूमकर भिक्षा माँगता था। भिक्षा में कम या अधिक जो कुछ भी मिलता उसी में दोनों पति-पत्नी गुज़र-बसर करते थे। उस ब्राह्मण में एक विशेषता थी, वह अपने घर आए अतिथि का बहुत आदर-सत्कार करता था। भिक्षा में प्राप्त अन्न से वह घर आनेवाले हर अतिथि को भोजन अवश्य करवाता था। निर्धन ब्राह्मण की पत्नी भी बहुत सुशील थी। घर आए किसी भी अतिथि को वह भूखे पेट कभी जाने नहीं देती थी। निर्धनता में भी पति-पत्नी अपनी गृहस्थी आनंदपूर्वक व्यतीत करते थे। वे अपना समय भक्ति में लीन, ईश्वर के भजन गाते हुए बिता रहे थे।

एक बार श्री स्वामी समर्थ कुछ दिनों के लिए अमरपुर गाँव में आए। वे भी भिक्षा के लिए घर-घर जाते थे और अपने सच्चे भक्तों को आशीर्वाद प्रदान करते थे। एक दिन श्री स्वामी समर्थ उस गरीब ब्राह्मण के घर भिक्षा लेने पहुँचे। उस समय ब्राह्मण स्वयं भिक्षा लेने के लिए गाँव में गया हुआ था। घर में अतिथि को आया देख ब्राह्मण की पत्नी ने उन्हें बड़े आदर-सत्कार के साथ बिठाया और उनकी पूजा-अर्चना की। किंतु घर में अन्न का एक भी दाना नहीं था इसलिए वह परेशान हो रही थी। वह इस संकोच में गड़ी जा रही थी कि श्री गुरु को क्या भोजन खिलाए?

कुछ देर उलझनभरी अवस्था में रहने के पश्चात उसे स्मरण हुआ कि घर के आँगन में घेवड़े (एक प्रकार की सब्ज़ी) का एक पौधा लगा हुआ है, जिसमें बहुत सी फलियाँ लगी हुई हैं। उसने तुरंत जाकर घेवड़े की कुछ फलियाँ तोड़ी और उसकी सब्ज़ी बना ली। श्री स्वामी समर्थ को उसने भोजन में घेवड़े की सब्ज़ी बड़े ही प्रेमपूर्वक परोस दी।

श्री स्वामी समर्थ सर्वज्ञाता थे, वे जानते थे कि ब्राह्मणी बड़े ही जतन से सब्ज़ी बनाकर लाई है। ऐसी भक्ति भावना देखकर स्वामी मन ही मन उसे सराह रहे थे। भोजन के उपरांत विदा लेते समय उन्होंने उसे आशीर्वाद दिया। जाते-जाते श्री स्वामी समर्थ ने आँगन में लगा घेवड़े का पौधा जड़ से उखाड़ दिया और ब्राह्मणी से कहा, 'अब तुम्हारी गरीबी मिट जाएगी।'

निर्धन ब्राह्मणी पौधे को जड़ से उखड़ा देख बहुत दुःखी हुई। वह समझ नहीं पा रही थी कि आखिर गुरुजी ने पौधे को निकालकर फेंक क्यों दिया? कठिन समय में उसे इसी पौधे का सहारा था। अपने हालात के बारे में सोच-सोचकर वह रोने लगी। कुछ देर बाद जब ब्राह्मण घर लौटा तो उसने पत्नी को बहुत दुःखी और उदास पाया। जब उसने पत्नी से उदासी का कारण पूछा तब उसने सारी घटना ज्यों की त्यों सुना दी। ब्राह्मण ने पत्नी को सांत्वना देते हुए समझाया, 'यदि श्री गुरु ने यह आशीर्वाद दिया है कि हमारी गरीबी अब जड़ से समाप्त हो जाएगी तो हमें उनके वचनों पर भरोसा करना चाहिए।'

जहाँ घेवड़े का पौधा श्री गुरु ने उखाड़ फेंका था वह स्थान अस्त-व्यस्त हो गया था। ब्राह्मण उस स्थान को साफ करने के लिए कुदाली से पौधे की बची-खुची जड़ें हटाने लगा। खुदाई करते समय उसकी कुदाल एक मटके से जा टकराई। ब्राह्मण ने मटका बाहर निकालकर देखा तो पाया कि वह तो हीरे-मोतियों से भरा हुआ था। ब्राह्मण पति-पत्नी यह देखकर आश्चर्यचकित रह गए। वे हीरे-

जवाहरात से भरे मटके को लेकर श्री गुरु के पास पहुँचे। श्री गुरु ने उन्हें आशीर्वाद देते हुए कहा, 'यही आशीर्वाद था कि अब तुम्हारी गरीबी बिलकुल मिट जाएगी, लो मिट गई!' वर्षों से गरीबी में जीवनयापन करनेवाले पति-पत्नी बहुत प्रसन्न हुए और उन्होंने गुरुजी को उन पर हुई कृपा के लिए अनंत धन्यवाद दिए।

शिष्य उपनिषद्

इस कहानी में ब्राह्मण पति-पत्नी के पास पौधे के रूप में जो उनका अंतिम सहारा था, वह भी जब उखाड़ दिया गया तब पत्नी को कुछ क्षण के लिए लगा कि अब सब कुछ खत्म हो गया। परंतु उन्हें उससे भी अधिक प्राप्त हुआ, जिसका उन्होंने कभी स्वप्न में भी विचार नहीं किया था। यही जीवन का गहरा रहस्य है, जिसे आम तौर पर इंसान समझ नहीं पाता।

जीवन में हम सदा कुछ न कुछ पाने की इच्छा रखते हैं। हम सोचते हैं कि हमारा विकास और उन्नति तभी होगी जब हमें कुछ मिलेगा, देने से तो हम सब कुछ गँवा देते हैं। मगर सच्चाई ठीक इसके विपरीत है। सच्चाई यह है कि हम औरों को जो देते हैं उससे कई गुना बढ़कर हमें प्राप्त होता है। जो हम लेते हैं उससे तो मात्र हमारा गुज़ारा ही होता है। सुनने में यह बात तर्कसंगत नहीं लगेगी और बुद्धि इस पर कतई विश्वास नहीं करेगी। मगर यदि यह नियम हम अपनाएँ तो स्पष्ट हो जाएगा और विश्वास हो जाएगा कि यही सच्चाई है।

कभी अनजाने में आपने भी यह महसूस किया होगा कि किसी ज़रूरतमंद को आपने कुछ दिया या उसकी मदद की और बाद में आपका विकास हुआ। यहाँ आपने कुछ लेने के बजाय दूसरों को दिया ही है। आप जब किसी के लिए निमित्त बने तो आपने भी जीवन में कुछ प्राप्त ही किया।

जो कुछ आप पाना चाहते हैं, वह दूसरों को पाने में भी मदद करें यानी पाने से पहले औरो को दिलाएँ। जब विश्व का भला होता है तब इंसान का अपना भला भी अपने आप हो जाता है। इसलिए ध्यान रखें कि आप जो धन कमा रहे हैं या जो कार्य कर रहे हैं उससे आपके अलावा दूसरों का लाभ भी हो रहा है या नहीं।

आप लोगों के लिए निमित्त बनें। लोग जो कुछ पाना चाहते हैं- प्रेम, धन, स्वास्थ्य और परमेश्वर आदि वह सब प्राप्त करने में उनकी मदद करें। देर-सवेर आप भी तो यह सब पाना चाहते हैं। औरों की मदद करने से आपको भी यह सब अवश्य मिलेगा। कुदरत का नियम है कि आप जिस चीज़ के लिए निमित्त

बनते हैं वह आपके जीवन में भी अवश्य प्रवेश करती है।

उदाहरण के लिए आप जीवन में अधिक धन प्राप्त करना चाहते हैं तो दूसरों को धन पाने में उनकी मदद करें। आप जीवन में अंतिम सत्य प्राप्त करना चाहते हैं तो दूसरों को उसे प्राप्त करने में मदद करें। आप अपने लिए स्वास्थ्य की आशा रखते हैं तो किसी बीमार को स्वास्थ्य प्राप्त करने में मदद करें और प्रार्थना करें।

जितना अधिक आप अपने भीतर औरों के प्रति प्रेम व श्रद्धा जगाएँगे आपको उसका दोगुना मिलेगा। औरों की मदद करते हुए अपने दिल में नि:स्वार्थ भाव जगाएँ, यही मदद आपकी प्रार्थना बन जाएगी। धीरे-धीरे यह भाव आपको अच्छा लगने लगेगा और आप इसके आदी हो जाएँगे। फिर स्वार्थरहित भाव के प्रभाव से आपके ज़रिए लोगों की समस्याएँ सुलझने का कर्म आरंभ हो जाएगा।

किसी की मदद की अपेक्षा रखने पर यदि मदद न मिले तो दु:ख होता है। जितना अधिक हो सके आप दूसरों की मदद करें। नि:स्वार्थ भाव से की गई मदद सेवा कहलाती है। किसी की सेवा का कार्य करने से इंसान संतुष्टि महसूस करता है क्योंकि वे कार्य स्रोत से जुड़े होते हैं। आप सेवा भाव से सतत कर्म करते रहेंगे तो आत्मसंतुष्टि प्राप्त होगी। साथ ही आपके विकास के रूप में सकारात्मक परिणाम खुद-ब-खुद सामने आ जाएगा।

कथन २२

शिष्य के लिए गुरु आज्ञा का महत्त्व

बहुत समय पहले की बात है। एक छोटे से गाँव में नरहरि नामक ब्राह्मण रहता था। वह गाँव के एक छोटे से मंदिर में पुजारी के पद पर कार्यरत था। उसे आध्यात्मिक ज्ञान की प्यास थी इसलिए वह गुरु से ज्ञान प्राप्त कर रहा था। नरहरि अपने गुरु का आज्ञाकारी शिष्य था। उसका अपने गुरु पर दृढ़ विश्वास था और ज्ञान प्राप्ति के लिए वह उनके बताए मार्ग पर चलता था।

दुर्भाग्यवश नरहरि को गंभीर चर्मरोग हो गया। ऐसे रोग के कारण लोग नरहरि से दूर रहने लगे तथा अपने बचाव के लिए उन्होंने उसे गाँव छोड़ने तक के लिए मजबूर कर दिया। नरहरि गाँव छोड़कर अपने गुरुजी के आश्रम में चला गया और अपना जीवन उनकी सेवा में बिताने लगा। चर्मरोग के कारण व लोगों में घृणा का पात्र होने पर भी नरहरि का विश्वास अपने गुरु पर कम नहीं हुआ। वह लगातार मंत्रोच्चारण करता रहता और गुरु की सेवा में खुशी-खुशी लगा रहता था।

एक बार गुरुजी ने नरहरि के विश्वास की परीक्षा लेने का निश्चय किया। उन्होंने अंजीर के पेड़ की एक टूटी हुई टहनी नरहरि को देते हुए कहा, 'तुम इसे प्रतिदिन जल देते रहो।' हालाँकि पेड़ से टूटी हुई टहनी हरी नहीं हो सकती, फिर भी नरहरि ने गुरुजी से कोई प्रश्न नहीं किया और उनकी आज्ञा ज्यों की त्यों मानता रहा। प्रतिदिन एक सूखी टहनी को जल देते देख सभी उसका मज़ाक उड़ाते थे। किंतु नरहरि पर उनके उपहास का कोई प्रभाव नहीं पड़ता था। उसकी यह दिनचर्या चार वर्षों तक लगातार चलती रही।

नरहरि की भक्ति और निष्ठा को देखकर गुरु बहुत प्रसन्न हुए। उसकी सेवा से एक दिन अंजीर की सूखी टहनी में अंकुरित होकर छोटे-छोटे पत्ते निकल आए थे। जैसे ही सूखी टहनी में पत्ते निकल आए, नरहरि की बीमारी भी ठीक हो गई। गुरु कृपा और गुरु ज्ञान से नरहरि का जीवन आनंद से भर गया।

शिष्य उपनिषद्

इस कहानी का सार यह है कि हमें गुरु पर दृढ़ विश्वास रखकर उनकी आज्ञा का पालन करना चाहिए। अध्यात्म का निरंतर अभ्यास ही हमारे जीवन को परिवर्तित करता है। जिस प्रकार से एक ठूँठ (वृक्ष के बचे हुए सूखे हिस्से) में भी हरियाली का आगमन हुआ उसी प्रकार हमारे जीवन के कष्ट भी दूर होकर सुख की हवा बह सकती है।

कई शिष्य गुरु के द्वारा आज्ञा देने पर उनसे सवाल करने लगते हैं कि 'ऐसा क्यों करना चाहिए... यह नहीं किया तो क्या फर्क पड़ेगा...' इत्यादि। कुछ शिष्य तो गुरु की आज्ञा का पालन न करते हुए अपने ही मन की सुनते हैं।

जैसे, गुरु एक शिष्य से पूछते हैं कि 'आजकल आप सत्संग में क्यों नहीं आ रहे हैं?' इस पर शिष्य कहता है, 'आपकी शिक्षा से मुझे बहुत ज्ञान मिला है। आपने मुझे जो ज्ञान दिया उसी के लाभस्वरूप मेरे जीवन से बोझ, तनाव, दुःख, परेशानियाँ और उतार-चढ़ाव कम हुए हैं। आपके द्वारा मिले ज्ञान से मैं तृप्त हो गया हूँ, आप सचमुच बहुत महान हैं। इस ज्ञान से अब तक मैंने जो भी पाया है, उससे सब कुछ बहुत अच्छा चल रहा है। आगे मुझे अब और सीखने की आवश्यकता महसूस नहीं हो रही है। आपकी कृपा से मैंने सब कुछ प्राप्त कर लिया है।'

ऐसा उत्तर पाकर गुरु उस शिष्य को समझाते हैं कि 'आप अभी और सत्य

का श्रवण करें ताकि इसके आगे की बातें भी आप समझ पाएँ।' फिर भी शिष्य का वही जवाब होता है, 'अब मुझे और अधिक श्रवण की आवश्यकता महसूस नहीं हो रही है।' यहाँ वह शिष्य यह नहीं समझ पा रहा है कि गुरु द्वारा मिले ज्ञान से उसके जीवन में इतने सकारात्मक परिणाम हुए हैं। यदि वही गुरु और श्रवण करने की आज्ञा दे रहे हैं तो अवश्य ही उसके पीछे कोई कारण है।

परंतु मन की सुननेवाला शिष्य, गुरु की आज्ञा को आसानी से ठुकरा देता है। इस तरह वह अपने ही पाँव पर कुल्हाड़ी मार लेता है और कुछ सालों उपरांत केवल माया का श्रवण करने की वजह से वह सत्य से दूर हो जाता है। इसलिए मन को अपना गुरु न बनाएँ। मन को गुरु बना लेने से मन मनमानी करने लगता है। हमें मन रूपी गुरु की छत्रछाया में नहीं बल्कि असली गुरु की छत्रछाया में रहना है।

कथन २३

सत्यकाम की सत्यनिष्ठा

जाबालि नामक एक महिला थी, जिसके पुत्र का नाम था सत्यकाम। सत्यकाम को ज्ञान प्राप्ति की अत्यधिक प्यास थी, इसी उद्‌देश्य से वह एक दिन गुरु की खोज में निकल पड़ा। यह बात उन दिनों की है जब दीक्षा के लिए शिष्यों को ऋषियों के आश्रम में जाकर रहना पड़ता था। गुरु की खोज करते-करते सत्यकाम गौतम ऋषि के आश्रम में पहुँच गया।

सत्यकाम ने गौतम ऋषि से स्वयं को अपना शिष्य स्वीकार करने की प्रार्थना की। गौतम ऋषि ने कहा, 'तुम्हें शिष्य स्वीकार करने से पूर्व मुझे तुम्हारे परिवार के बारे में जानकारी लेनी होगी। तुम अपने परिवार के विषय में बताओ।'

सत्यकाम यह सुनकर बड़ी असमंजस में पड़ गया क्योंकि उसे अपनी माँ के

अलावा परिवार के किसी सदस्य के बारे में कोई जानकारी नहीं थी। गुरुकुल में प्रवेश पाने के लिए वह झूठ भी नहीं बोलना चाहता था। अत: उसने गौतम ऋषि से कहा कि परिवार के बारे में वह माँ से पूछकर ही कुछ बता सकेगा। गौतम ऋषि ने सत्यकाम को परिवार की जानकारी लाने के लिए माँ जाबालि के पास भेज दिया।

सत्यकाम ने अपनी माँ से परिवार के विषय में पूछा और बताया कि यह जानकारी उसे गौतम ऋषि को देनी है। तब माँ ने कहा, 'तुम जाकर गौतम ऋषि से कहो कि मैं जाबालि का पुत्र हूँ और मेरा नाम सत्यकाम जाबालि है।' यही बात सत्यकाम ने गौतम ऋषि के सामने दोहरा दी। ऋषि उसकी सत्यनिष्ठा पर अत्यंत प्रसन्न हुए और उन्होंने शिष्य के रूप में उसे स्वीकार कर लिया।

किंतु शिक्षा प्रारंभ करने से पहले गौतम ऋषि ने सत्यकाम को एक कार्य सौंपा। उन्होंने आश्रम की अत्यंत कमज़ोर गायों को सत्यकाम के सुपुर्द किया और उन्हें जंगल में ले जाने का आदेश दिया। उसे आज्ञा दी कि जब तक गायों की संख्या बढ़कर पूरी एक हज़ार न हो जाए तब तक वह वहीं जंगल में रुका रहे। उसके बाद ही उसकी शिक्षा-दीक्षा प्रारंभ हो सकेगी।

सत्यकाम के लिए गुरु की आज्ञा शिरोधार्य थी। वह बिना किसी प्रतिवाद के उन गायों को लेकर जंगल की ओर निकल पड़ा। जंगल पहुँचकर उसने प्रेमपूर्वक गायों की देखभाल आरंभ कर दी। वह उनकी खूब सेवा किया करता था। जंगल की स्वास्थ्यप्रद जल-वायु और चरने के लिए पर्याप्त चारा मिलने से सभी गायें शीघ्र ही हृष्ट-पुष्ट हो गईं। कुछ वर्षों में उनकी संख्या भी एक हज़ार तक जा पहुँची। सत्यकाम गुरुजी की आज्ञानुसार अपने कार्य में सफल हो गया। उचित समय पर एक हज़ार स्वस्थ गायों को लेकर उसने गुरु गौतम ऋषि के पास लौट जाने के लिए जंगल से प्रस्थान किया।

सत्यकाम की अपने गुरु के प्रति दृढ़ श्रद्धा और उनकी आज्ञा का पालन करते देख सभी देवी-देवता उससे बहुत प्रसन्न हुए। इसीलिए आश्रम की ओर लौटने के मार्ग में ही उसे सभी देवों ने हंस तथा जलकुक्कुट के रूप में आकर ज्ञान एवं आशीर्वाद प्रदान किया। इस प्रकार आत्मज्ञान से संपन्न होकर सत्यकाम

गायों को लेकर आश्रम पहुँचा।

गौतम ऋषि के पास जब सत्यकाम पहुँचा तब उसका मुखमंडल आत्म उपलब्धि में तेजोमयी दिख रहा था। गौतम ऋषि उसके मुख की आभा देख सब कुछ समझ गए और हृष्ट-पुष्ट गौयों को पाकर अतिप्रसन्न हुए। सत्यकाम ने अपनी गौभक्ति का अनुपम उदाहरण प्रस्तुत किया था। उसकी आज्ञाकारिता व निष्ठा से गौतम ऋषि ने तुरंत उसे अपना शिष्य मान्य करते हुए कृपापूर्वक ब्रह्मविद्या प्रदान की।

शिष्य उपनिषद्

ज्ञानमार्ग पर चलते हुए यह संभावना होती है कि गुरु की शिक्षा शिष्य को कठिन प्रतीत हो। गुरु तो शिष्य के समक्ष सोच-समझकर कुछ कठिनाइयाँ प्रस्तुत करते हैं। शिष्य को कुछ सिखाने तथा उसका गुरूर तोड़ने हेतु यदि उससे कड़वे शब्द भी कहने पड़ें तो भी वे नहीं हिचकेंगे। शिक्षा प्रदान करते समय सख्त बरताव करने में वे तनिक भी संकोच नहीं करते हैं।

झेन मास्टर्स ने तो अपने शिष्यों को सिखाने के लिए लकड़ी तक का इस्तेमाल किया है। गुरु शिष्य को इस तरह की आज्ञा भी दे सकते हैं, जिसकी उसने कल्पना भी नहीं की होगी। गुरु की मंशा तो शिष्य का गुरूर, उसका अहंकार चूर-चूर करना होता है इसलिए वे गुरूर पर प्रहार अवश्य करते हैं। हालाँकि इस प्रक्रिया से शिष्य के मन में गुरु के प्रति गलतफहमी पैदा हो सकती है। ऐसी परिस्थितियाँ शिष्य के ज्ञान में बाधक न बनें इसके लिए गुरु पर श्रद्धा अत्यंत आवश्यक है। शिष्य गलती का शिकार तब होता है जब वह गुरु के प्रहार को गलत समझ लेता है। ऐसा होने पर शिष्य को समझ लेना चाहिए कि 'यह मेरा अहंकार है, जो मेरी प्रगति में बाधक बन रहा है।'

गुरु उस ठठेरे की तरह होता है जो पीतल-तांबे आदि के बरतन बनाता है। ठठेरा (कारीगर) धातु पर चोट करते हुए उसे एक सुरुचिपूर्ण आकार में ढालकर सुंदर पात्र तैयार करता है। ऐसा करते समय वह एक हाथ से पात्र को सँभालता है और दूसरे हाथ से उस पर चोट करता जाता है ताकि पात्र सही आकार ले

सके। गुरु भी ठीक इसी तरह शिष्य को सत्य में ढालने का कार्य करते हैं। उसे सही आकार देने के लिए आवश्यकता पड़ने पर कभी सख्ती दिखाते हैं तो कभी प्यार से समझाते हैं। कभी आज्ञा देते हैं तो कभी नाराज़गी व्यक्त करते हैं। यह तो गुरु का शिष्य के प्रति प्रेम है, जो उसे ज्ञान, ध्यान, प्रेम व आनंद के मार्ग पर चलने के लिए प्रेरित करता है। यही है गुरु का महत्त्व।

कथन २४

शिष्य को मिली गुरु से सीख

सिखों के सर्वप्रथम गुरु, गुरु नानकदेवजी को अपने घर का एक कमरा बहुत प्रिय था। वे अधिकतर अपना समय वहीं बिताया करते थे। एक रात घनघोर वर्षा हो रही थी। उस तूफानी रात में उसी कमरे की दीवार ढह गई, जहाँ रहना वे पसंद करते थे। उन्होंने उसी समय अपने दोनों पुत्रों को नींद से जगाकर तुरंत दीवार खड़ी करने के लिए कहा। दोनों पुत्र अपने पिता के ऊपर सवार धुन को देखकर अचंभित थे। उन्होंने पिता को समझाने का प्रयत्न किया और कहा कि 'इस तूफानी रात में भला दीवार किस तरह खड़ी हो पाएगी? हम तो इस तरह का कार्य करना जानते भी नहीं हैं। सुबह होते ही मिस्त्री को बुलवाकर दीवार बनवा देंगे।'

तब गुरु नानकजी को अपने एक शिष्य का स्मरण हुआ जिसने उनके कहने पर घास की गठरी उठाकर उनके घर तक पहुँचाई थी। उन्होंने उस शिष्य को

बुलाकर दीवार की मरम्मत करने के लिए कहा। वह शिष्य एक संपन्न परिवार से था इसलिए उसे इस प्रकार के कार्यों की कोई जानकारी नहीं थी। उसके बावजूद वह गुरुजी की आज्ञा का पालन करने को तत्पर था।

शिष्य को उस कार्य को करने में कुछ अधिक समय लगा लेकिन कार्य पूरा हो गया। गुरु नानकजी ने दीवार का मुआयना करके अपने शिष्य से कहा, 'मैं तुम्हारे कार्य से संतुष्ट नहीं हूँ, इसे तोड़कर फिर से बनाओ।' शिष्य ने बिना किसी झिझक के गुरु की आज्ञानुसार दीवार तोड़कर फिर से बनानी शुरू कर दी।

दूसरी बार जब शिष्य ने दीवार तैयार की तब भी गुरु नानकजी ने उसमें खामियाँ निकालते हुए कहा, 'दीवार यहाँ से ठीक नहीं बनी है... वहाँ से भी ठीक नहीं है। मुझे यह दीवार बिलकुल पसंद नहीं आई, इसे फिर से बनाओ।' शिष्य ने फिर से दीवार तोड़ी और बनानी शुरू कर दी। ऐसा कई बार हुआ, गुरुजी के असंतोष के कारण उस शिष्य को वह दीवार कई बार तोड़कर फिर से बनानी पड़ी।

गुरु नानकजी के दोनों पुत्र यह दृश्य देख रहे थे। वे दोनों उस शिष्य पर हँसने लगे और कहा, 'तुम एक ही कार्य कितनी बार करते रहोगे? हमारे पिता को तो दीवार सही करवाने की सनक सवार हो गई है और तुम पर उनकी आज्ञा मानने की सनक सवार है। हमारी सलाह मानो, यह तुम्हारा कार्य नहीं है। कल सुबह हम मिस्त्री को बुलवा देंगे, जो पिताजी की इच्छा के अनुसार कार्य कर देगा।'

यह बात सुनकर कोई भी शिष्य शंका कर सकता है। दीवार बनानेवाले उस शिष्य के मन में भी शंका उभरी। वह सोचने लगा, 'शायद गुरुदेवजी को बुढ़ापा आ गया है। दीवार में कुछ भी तो गड़बड़ नहीं है। बार-बार एक ही दीवार बनाते रहने में क्या तुक है? मुझे और कार्य भी तो करने हैं।'

तभी उसे गुरु नानकजी की सीख याद आई और उसके अंदर से यह पंक्ति निकली...

'अभी हज़ार बार भी दीवार तुड़वाएँ तो हम तोड़ते रहेंगे, बनाते रहेंगे। अभी हमें कोई कठिनाई नहीं है।'

जब शिष्य के मन में यह बात आई तो इस अवस्था के बाद उसने जो दीवार बनाई उसे देखकर गुरु नानकदेवजी बहुत प्रसन्न हुए। उन्होंने कहा, 'अब

इस दीवार में कोई कमी नहीं है, यह बिलकुल सही बनी है।'

इस घटना से स्पष्ट होता है कि गुरुजी शिष्य की मन की अवस्था तैयार करना चाहते थे। वे उसके मन को धीरज प्रदान कर उसे लचीला बनाना चाहते थे।

शिष्य उपनिषद्

गुरु जब शिष्य को कोई सेवा का कार्य सौंपते हैं तो कभी किसी के मन में यह शंका उठ सकती है कि 'इस तरह की सेवा हमें क्यों दी गई?' दरअसल गुरु का तो हर कार्य लोक कल्याण के लिए होता है। गुरु सेवा के माध्यम से यह जाँचना चाहते हैं कि शिष्य सिर्फ प्यास का अभिनय कर रहा है या सचमुच ज्ञानपिपासु है। सबसे भाग्यवान इंसान वह है, जिसे सच्चे गुरु की पहचान है। सबसे दुर्भाग्यवान वह है, जो सच्चे गुरु के संघ में आकर भी गुरु को पहचान नहीं पाया।

उस शिष्य से जब कई बार दीवार तुड़वाई गई तो उसके मन में जो बात तुरंत आई वह यह कि गुरुजी को दीवार में दिलचस्पी है या किसी और चीज़ में! बाद में जब शिष्य के सामने सत्य उजागर हुआ तब पता चला कि गुरु तो उसे लचीला तथा धीरजवान बना रहे थे। यदि शिष्य में लचीलापन नहीं होता तो वह सत्य को खो देता। आरंभ में ही उसके मन को चोट पहुँचती तो वह वापस गुरु के निकट नहीं जाता। इसी लिए गुरु पहले शिष्य के मन की अवस्था तैयार करते हैं और फिर उसके आगे का ज्ञान व सीख देते हैं।

इंसान जिस तरह के समाज में रहता है वहाँ धन, शोहरत, नाम व पद पाने के लिए दिखाता है कि वह सही है और सोचता है कि 'मैं सही हूँ, मैं सब जानता हूँ।' उसके बाद वह कभी पीछे मुड़कर देखना नहीं चाहता कि उसने जो किया वह गलत था या सही। वह सोचता है कि 'जो मैं सोच रहा हूँ वह गलत नहीं हो सकता।' इसी गुरूर में वह सत्य से अनभिज्ञ रहता है।

भगवान की मूर्तियाँ इसी कारण बनाई जाती हैं कि इंसान के अंदर का गुरूर झुक जाए। अहंकार की समाप्ति के लिए जीवित गुरु की आवश्यकता होती है। जिन्होंने मूर्तियों का निर्माण करवाया वे ज्ञानी थे। उन्होंने लोगों को साधना करने के लिए मूर्ति के रूप में एक सहारा बनवाया। इंसान को यह बताया कि 'यह ईश्वर की मूरत है, तुम इसके सामने झुको।' मूर्ति के सामने झुकने से मन झुकता

है, जो इंसान के अहंकार को तोड़ने के लिए महत्वपूर्ण है।

आपके सामने कोई भी मूरत हो, मंगल मूर्ति, गुरु मूर्ति, शून्य मूर्ति या निराकार अमूर्ति, इनमें से जिसके भी सामने झुकने में आपको सुविधा हो उसे चुनें। जो मूर्ति अहंकार विलीन करवाए वही मंगल मूर्ति है।

कथन २५

शिष्यता की कसौटी

एक बार एकनाथ महाराज के पास शिष्यता प्राप्ति की अभिलाषा लिए एक इंसान आया। उस इंसान ने एकनाथजी से मंत्र व ज्ञान पाने हेतु अनुरोध किया। केवल अनुरोध और आँसू देखकर गुरु शिष्य की पात्रता नहीं परखते। गुरु जानते हैं कि असल प्यासे की भाँति अभिनय तो कोई भी इंसान कर सकता है बल्कि ज़्यादा अच्छे ढंग से कर सकता है। लेकिन गुरु अभिनय से भ्रमित न होकर शिष्य की असली परख करते हैं। शिष्यता की खरी कसौटी क्या है, यह गुरु भली-भाँति जानते हैं। जिस प्रकार उलटे घड़े पर डाला गया पानी व्यर्थ बह जाता है, उसी प्रकार अपात्र और अकड़े हुए मन को दिया गया ज्ञान व्यर्थ चला जाता है।

इसी तथ्य के आधार पर एकनाथजी ने भी उस इंसान की परीक्षा लेने की ठान ली। जो इंसान ज्ञान प्राप्ति के लिए एकनाथजी के पास आया था वह उन्हीं

का पड़ोसी था, जो दूसरों के सामने अकसर एकनाथजी का उपहास किया करता था। जब बहुत से लोग एकनाथजी की शरण में आने लगे तो सबकी देखा-देखी सिर्फ जिज्ञासावश वह पड़ोसी भी एकनाथजी के पास पहुँच गया। एकनाथजी ने सारी परिस्थितियाँ भाँपकर उससे कहा, 'आज का दिन शुभ नहीं है। आगे कोई अच्छा दिन देखकर तुम्हें सूचित करेंगे और ज्ञान देंगे।' पड़ोसी कुछ न समझते हुए लौट गया और एक वर्ष बाद वह फिर लौट आया। यदि अब उसे सचमुच ज्ञान पाने की प्यास होती तो वह इस एक वर्ष में हज़ारों बार एकनाथजी के पास आया होता। मगर नहीं, वह तो सिर्फ मज़ाक उड़ाने और लोगों के उकसाने पर आया था। अब एकनाथजी ने उसकी अपात्रता को देखकर कहा कि 'कल सुबह आठ बजे आ जाओ, तुम्हें ज्ञान दे दूँगा।'

दूसरे दिन सुबह एकनाथजी ने घर के सदस्यों से पूजा की सामग्री तैयार रखने को कहा और निर्देश दिया कि उस सामग्री में जल न रखा जाए। सुबह बताए गए समय पर पड़ोसी एकनाथजी के घर आ धमका और पूजा की सामग्री के सामने पालथी मारकर बैठ गया। एकनाथजी भी आकर उसके सामने बैठ गए। सारी तैयारी देखकर एकनाथजी ने कहा, 'न जाने आज इन लोगों को क्या हो गया है, सब कुछ ठीक-ठाक रखा है लेकिन कलश में जल नहीं रखा।' ऐसा कहकर वे कलश लेकर अंदर-बाहर चहल-कदमी करने लगे। उन्हें इस तरह विचलित देखकर पड़ोसी ने उनसे पूछा, 'मुझे मंत्र कब देंगे, उपदेश कब देंगे, जल्द कुछ करें ताकि मैं अपने खेत पर जा सकूँ।' तब एकनाथजी ने उसके सामने भेद खोला और उससे साफ शब्दों में कहा, 'अरे! तुम्हें एक वर्ष से भी ज़्यादा समय हो गया है 'उपदेश दो, मंत्र दो' कहकर यहाँ आते हुए। देख नहीं रहे पूजा के लिए पानी चाहिए और मैं कलश लेकर कब से अंदर-बाहर घूम रहा हूँ। क्या यह देखने पर भी तुम कह नहीं सकते कि लाइए मैं पानी लेकर आता हूँ। उलटा खेत पर जल्दी पहुँचने की बात करते हो। प्यास न होने व आलस के कारण पचास कदम दूर से मुफ्त का पानी भी नहीं ला पा रहे हो तो उपदेश पाकर तुम कौन सा कार्य संपन्न कर पाओगे? किस तरह का लोक कल्याण कर पाओगे? ज्ञान के लिए जो सेवा- काया, वाचा, मन, धन द्वारा होती है, वह तुम्हारे लिए असंभव है। अब भी तुममें उपदेश लेने की तैयारी दिखाई नहीं देती। इसलिए इस वक्त तो तुम यहाँ से जा सकते हो, आगे देखेंगे।' ऐसा कहकर एकनाथजी ने उसे वापस लौटा दिया।

शिष्य उपनिषद्

इस कहानी से सेवा का महत्त्व स्पष्ट होता है। गुरु, जब शिष्य को कोई सेवा का कार्य सौंपते हैं तो कभी किसी के मन में यह शंका उठ सकती है कि 'इस तरह की सेवा हमें क्यों दी गई?' दरअसल, गुरु का तो हर कार्य लोक कल्याण के लिए होता है। गुरु सेवा के माध्यम से यह जाँचना चाहते हैं कि शिष्य सिर्फ प्यास का अभिनय कर रहा है या सचमुच ज्ञान पिपासु है। गुरु द्वारा जब एक शिष्य को पुस्तक लिखने का कार्य दिया गया तो वह यह कहकर टालता रहा कि 'लिखने का भाव नहीं आ रहा है।' ऐसे शिष्य सेवा के कार्य देने से जल्दी सामने आ जाते हैं कि वे खरे हैं या खोटे।

> व्यर्थ है सेवा अगर प्रेम नहीं,
>
> व्यर्थ है बिछौना अगर नींद नहीं,
>
> व्यर्थ है ज्ञान अगर प्यास नहीं,
>
> व्यर्थ है जीवन अगर स्वज्ञान नहीं,
>
> व्यर्थ है गुरु अगर पहचान नहीं।'

कथन २६

संपूर्ण गुरु की पहचान

संत कबीरदासजी की कहानियों में यह बताया जाता है कि कबीर जोगियों के मठों में खूब घूमे। वे आनंद वन के संन्यासियों के साथ प्रवास करते-करते पंचगंगा घाट पर पहुँचे। वहाँ उन्हें एक महात्मा दिखे, जिनके चेहरे पर तेज था। लोगों से पूछने पर कबीर को पता चला कि लोग उन्हें 'रामानंद बाबा' कहकर बुलाते हैं। कबीर उनके मुरीद तो पहले से ही थे, वे संत रामानंद को देखकर अति प्रभावित हुए।

गुरु ज्ञान पाने की तीव्र इच्छा के कारण कबीर स्वामी रामानंद के यहाँ गए। गुरु कृपा के लिए वे पूर्ण रूप से ग्रहणशील थे। संत रामानंद के शिष्यों से मिलकर, कबीर ने संत रामानंद से ज्ञान पाने की इच्छा प्रकट की। तब संत रामानंद के शिष्यों ने उनसे कहा, 'गुरुजी केवल हिंदुओं को ज्ञान देते हैं।' कबीर उनकी बात सुनकर वापस लौट गए लेकिन वे रातभर सो नहीं पाए। संत कबीर

ने शिष्यों की बात बिलकुल नहीं मानी। 'गुरु, कृपा के सागर होते हैं, वे ऐसा भेदभाव कभी नहीं करेंगे', यही दृढ़ विश्वास कबीर को था। उन्होंने यही सोचते हुए रात काटी कि 'गुरु तो मिले लेकिन गुरु ज्ञान नहीं मिला, दीक्षा मंत्र नहीं मिला। अब क्या किया जाए?' तभी उन्हें याद आया कि संत रामानंद के एक शिष्य ने उन्हें बताया था कि हर दिन प्रभात के समय बाबा रामानंद पंचगंगा घाट पर नहाने जाते हैं।

अगले ही दिन सुबह होने से पहले भोर में कबीर गंगा नदी के किनारे पहुँच गए। कबीर नदी के घाट की सीढ़ियों पर जाकर अंधेरे में चुपके से लेट गए। सुबह के समय सूरज निकलने से पहले, अंधेरे में संत रामानंद जब नदी किनारे नहाने के लिए जा रहे थे तब सीढ़ियों के बीच उनका पैर कबीर को लग गया और उनके मुँह से शब्द निकले पड़े 'राम-राम... राम-राम'।

पुरातन काल में अध्यात्म के मार्ग पर चलनेवालों को यह आदत होती थी कि किसी को ठोकर लग जाए तो कोई 'राम-राम' कहता था, कोई 'हरि-हरि' कहता था तो कोई 'नारायण-नारायण' दोहराता था। जो शब्द उन्हें ईश्वर का सिमरण करने में मदद करते थे, वे शब्द दोहराए जाते थे। इसी तरह संत रामानंद द्वारा कबीर को ठोकर लगते ही उनके मुँह से शब्द निकल पड़े, 'राम-राम।' बस! कबीर ने उनके उन्हीं शब्दों को दीक्षा (गुरु मंत्र) के रूप में स्वीकार किया। वहीं पर उन्होंने राम नाम का सिमरण शुरू किया। वह दिन उनका ग्रहणशील होने का दिन था। उस दिन वे एकबीर बने, एक वीर बने, महावीर बने (अर्थात वे अनुभव के साथ एक हो गए)।

शिष्य उपनिषद्

हमारे जीवन में यदि सही गुरु, संपूर्ण गुरु आए हैं तो उनसे ज्ञान प्राप्त करने के लिए हमारा ग्रहणशील होना बहुत आवश्यक है। ईश्वर की कृपा होती है तो गुरु हमारे जीवन में आते हैं और गुरु कृपा से ही ईश्वर के दर्शन होते हैं। कबीर ने अपने गुरु के मुख से केवल एक शब्द सुना और उन्होंने उस शब्द को गुरु की तरफ से आया हुआ मंत्र मान लिया। उन्होंने उसी वक्त तय कर लिया कि 'अब यही मेरा दीक्षा मंत्र है, जिसका मुझे सिमरण करना है।' कबीर ऐसी दीक्षा ले सके, कारण वे गुरु से दीक्षा पाने के लिए ग्रहणशील थे। जब रामानंद को इस बात की खबर मिली कि कबीर स्वयं को उनका शिष्य मानता है तब उन्होंने भी कबीर को अपना शिष्य बनाने में देरी नहीं की।

संत कबीरजी को संपूर्ण गुरु की पहचान थी इसलिए उन्हें संपूर्ण गुरु की

प्राप्ति हुई। परंतु जिन्हें अभी संपूर्ण गुरु की पहचान नहीं हुई है, उन्हें टीचर गुरु प्राप्त होते हैं। कुछ लोग अपने शिक्षक (टीचर) को ही गुरु मान लेते हैं। यही वजह है कि आज गुरु शब्द का असली अर्थ खो चुका है। हालाँकि शिक्षकों को गुरु मानना गलत नहीं है मगर शिक्षक अलग तरह के गुरु होते हैं। वे आपको बाहरी जीवन के विषय का ज्ञान देते हैं, जबकि संपूर्ण गुरु आपको आंतरिक जीवन से अवगत कराते हैं, अंतिम सत्य के लिए तैयार करते हैं।

कुछ उलझानेवाले गुरु भी होते हैं, जिनकी बातों से लोग उलझ जाते हैं। ये गुरु अपनी लच्छेदार भाषा में ऐसी बातें बताते हैं, जिनकी वजह से इंसान सत्य से दूर हो जाता है।

कुछ विधि गुरु होते हैं, जो अपने साधकों को अलग-अलग तरह की विधियाँ देते हैं। कई बार वे विधियाँ साँस से संबंधित होती हैं, तरंग की होती हैं या प्रकाश (लाईट) देखने की भी होती हैं। ये विधियाँ कैसे करें, इसका तरीका ये गुरु बताते हैं और लंबे समय तक लोग वही विधि करते रहते हैं। कुछ समय उपरांत उन साधकों के लिए केवल विधि महत्वपूर्ण हो जाती है। परिणामतः जीवनभर लोग केवल विधि करते रहते हैं और आगे बढ़ नहीं पाते।

कुछ वर्कआऊट गुरु होते हैं, जिनका लक्ष्य केवल शरीर पर कार्य करवाना होता है। शरीर से व्यायाम करवानेवाले कई प्रशिक्षक आज समाज में उपलब्ध हैं। वे लोगों से व्यायामशालाओं में व्यायाम करवाते हैं और उनका शरीर स्वस्थ रहे इसलिए उन्हें मदद करते हैं। इन प्रशिक्षकों को लोग अपना अंतिम गुरु समझ लेते हैं और जीवनभर उसी में उलझे रहते हैं। संसार में ऐसे कई गुरु हैं, जिनकी बातों का असली अध्यात्म से कोई संबंध नहीं है। लोग ऐसे गुरुओं के पास अपनी समस्याएँ लेकर जाते हैं और वे गुरु उन समस्याओं पर ऐसा उपाय बताते हैं, जिसका सत्य से कोई संबंध नहीं है।

कुछ योग गुरु होते हैं। योग का अपना महत्त्व है। हर आयु के इंसान को स्वास्थ्य प्रदान करने में योग की विशेष भूमिका है। योग एक पुरातन शास्त्र है, जो शुरुआत के दिनों में सत्य के साथ जुड़ा हुआ था। परंतु समय के चक्र में सत्य प्राप्ति की जगह पर आज योग का इस्तेमाल केवल आसनायाम करने तक ही सीमित रह गया है।

अलग-अलग गुरुओं की श्रेणी में सबसे अंतिम चरण पर आते हैं झेन गुरु। विश्व में झेन गुरुओं की एक ऐसी परंपरा रही है, जो अपने शिष्यों से बोलते कम थे और क्रियाएँ ज़्यादा करवाते थे। कई बार ये गुरु अपने शिष्यों को अलग-

अलग तरह की पहेलियाँ देकर, उनका हल ढूँढ़ने की आज्ञा देते थे। फिर एक पहेली को सुलझाने की प्रक्रिया में शिष्य स्वयं को जान जाए, ऐसी व्यवस्था वे करते थे। इस तरह झेन गुरुओं द्वारा मन को अतार्किक लगनेवाली पहेली को सुलझाते-सुलझाते शिष्य के जीवन की पहेली सुलझ जाती थी, उसे आंतरिक जीवन से संबंधित गहरे रहस्य ज्ञात हो जाते थे।

अब तक बताए गए अलग-अलग गुरुओं की श्रेणी द्वारा आपको अपने जीवन में सही गुरु, संपूर्ण गुरु को पहचानना होगा। जिनके सामने आपका अज्ञान, समर्पित हो, आपकी बुद्धि झुके। यदि ऐसा स्थान आपको प्राप्त हो तो वह आपके जीवन में हुई सबसे बड़ी कृपा कहलाई जाएगी। जिसके ज़रिए आप पृथ्वी लक्ष्य प्राप्त कर, महानिर्वाण निर्माण के कार्य में शामिल होंगे।

गुरु को हम कैसे पहचानें? इस सवाल का जवाब बड़ा ही सीधा व सरल है। जिस जगह आपके विचार समाप्त हो जाएँ, जहाँ आपको शून्यता (Blankness) का अनुभव हो, जिनकी मौजूदगी में आप 'न-मन' (No mind) की अवस्था को उपलब्ध हों, जिनके सान्निध्य में बैठकर आपका जीवन ही परिवर्तित होने लगे, जहाँ आपको तेजप्रेम (ईश्वरीय प्रेम) की झलक मिले, जिनके सान्निध्य में आप परम मौन का अनुभव करें, जिस जगह आप कपटमुक्त हो जाएँ, समझिए वहीं आपके 'अंतिम गुरु, संपूर्ण गुरु'।

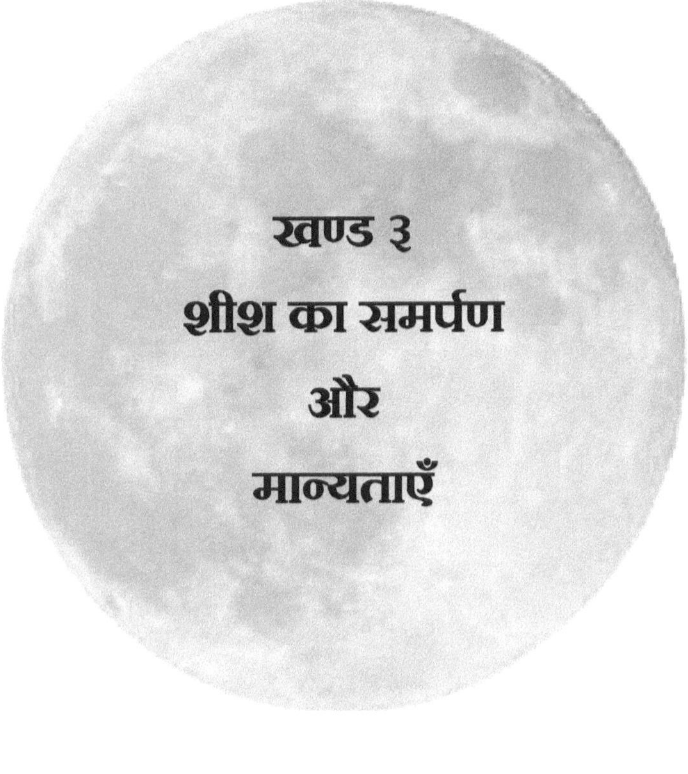

खण्ड ३
शीश का समर्पण
और
मान्यताएँ

कथन २७

ईश्वर के प्रति मान्यताएँ

एक युवक का मन कई सारी शंकाओं से घिरा हुआ था। उसके मन में बार-बार तीन सवाल उठ रहे थे, जिनके जवाब उसे मिल नहीं रहे थे। वे सवाल इस प्रकार थे –

१) क्या सचमुच दुनिया में ईश्वर है?

२) यदि ईश्वर है तो उसका आकार कैसा है?

३) भाग्य या नियति क्या है? यदि संपूर्ण ब्रह्माण्ड ईश्वर द्वारा रचित है तो संसार में कोई सुखी और कोई दुःखी क्यों है?

अपने अंदर उठ रहे सवालों के जवाब न पाकर युवक बहुत व्यथित हुआ।

आखिर एक दिन परेशान अवस्था में वह घर से बाहर जवाबों की खोज करने निकल पड़ा। परंतु बहुत कोशिशों के बावजूद भी उसे एक भी सवाल का जवाब नहीं मिला। फिर उसने मन ही मन ठान लिया कि वह इस विषय पर अपने माता-पिता से बातचीत करेगा।

एक लंबी अवधि के पश्चात घर लौटकर उसने अपनी जिज्ञासा माता-पिता के समक्ष बयान की। बेटे के सवाल सुनकर उन्होंने उसे आश्वासन दिया कि इस खोज में वे उसे पूरा सहयोग देंगे। फिर माता-पिता किसी ऐसे गुरु की तलाश में जुट गए, जो उनके बेटे के सवालों के जवाब दे सके। काफी भटकने के बाद वे बेटे के साथ एक आश्रम में पहुँचे, जहाँ उनकी भेंट एक संत से हुई। उस संत के चेहरे का तेज देखकर, उनसे मिलकर उन्हें लगा कि बेटे के सारे सवालों के जवाब वे ही दे सकते हैं।

जबकि उस संत को देखकर वह युवक सोचने लगा, 'जहाँ बड़े-बड़े विद्वान, प्रोफेसर आदि भी मेरे सवालों के जवाब दे नहीं पाएँ, तो भला यह संत कैसे जवाब दे पाएगा?' संत के पूछने पर युवक ने उनके सामने अपने तीन सवाल रखें।

तीनों सवाल सुनने के पश्चात संत ने युवक के गाल पर एक ज़ोरदार तमाचा जड़ दिया। उनके इस व्यवहार से अचरज में पड़े युवक ने कहा, 'आप इतना क्रोधित क्यों हुए? मैंने तो केवल आपसे कुछ सवाल ही तो पूछे हैं।'

इस पर उस संत ने उत्तर दिया, 'मैं क्रोधित नहीं हुआ हूँ बल्कि मैंने तो तुम्हें तुम्हारे सवालों का जवाब दिया है। यह तमाचा ही तुम्हारे सवालों का जवाब है।'

वह युवक हैरान होकर सोचने लगा कि 'यह तमाचा कैसे मेरे सवालों का जवाब हो सकता है?'

तभी संत ने उससे पूछा, 'मेरे तमाचा मारने पर तुम्हें कैसा लगा?'

युवक ने अपने गाल पर हाथ रखते हुए कहा, 'मुझे दर्द का बोध हुआ।'

संत ने फिर पूछा, 'क्या दर्द नामक कोई चीज़ इस संसार में है?'

युवक ने तुरंत जवाब दिया, 'हाँ, हर इंसान को किसी न किसी कारण से दर्द का आभास होता है।'

संत ने कहा, 'ऐसा है तो फिर मुझे उस दर्द का आकार दिखाओ।'

युवक ने संभ्रमित अवस्था में ही जवाब दिया, 'भला, यह कैसे संभव है? क्या कोई दर्द का आकार दिखा सकता है? दर्द को तो केवल महसूस किया जा सकता है।'

तब संत ने मुस्कराते हुए कहा, 'यही तो तुम्हारे पहले दो सवालों का जवाब है। जिस प्रकार दर्द का आकार नहीं होता मगर दर्द महसूस होता है, उसी प्रकार ईश्वर का भी कोई आकार नहीं होता लेकिन फिर भी ईश्वर होता है। हम सभी ईश्वर का आकार देखे बिना ही उसके अस्तित्त्व को महसूस कर सकते हैं।'

तीसरे सवाल का जवाब देने हेतु संत ने पूछा, 'क्या तुम स्वप्न में भी सोच सकते थे कि मैं तुम्हें मारूँगा?'

युवक के 'ना' कहने पर उसे समझाते हुए संत ने कहा, 'यही नियति है। अब बताओ मेरे जिस हाथ ने तुम्हें तमाचा मारा वह किस चीज़ से बना है?

'हाड़-माँस से' युवक ने कहा।

फिर उन्होंने पूछा, 'तुम्हारा चेहरा किस चीज़ से बना है?'

युवक ने फिर से वही जवाब दिया।

इस पर संत ने उसे समझाते हुए कहा, 'जिस प्रकार हाथ और चेहरे पर होनेवाला अनुभव अलग-अलग होता है, उसी प्रकार निर्धन और धनवान दोनों ही हाड़-माँस से बने हैं। इसके बावजूद ईश्वर की इच्छा है कि वे दोनों अलग-अलग अनुभवों के साथ जीवन व्यतीत करें। अपने कर्मों के अनुसार कोई दुःख में जीता है तो कोई सुख में।'

इस प्रकार संत ने उस युवक को संपूर्ण मार्गदर्शन दिया। अपने सभी सवालों के जवाब पाकर वह बहुत प्रसन्न हुआ। आगे का उच्चतम ज्ञान प्राप्त करने के लिए

उसने उन्हें अपना गुरु बनाया। ईश्वर कृपा से ही गुरु की प्राप्ति होती है और गुरु कृपा से ईश्वर की! यही है गुरु का महत्त्व।

शिष्य उपनिषद्

उपर्युक्त कहानी से यह समझ मिलती है कि वह युवक अपनी कल्पना के अनुरूप ही ईश्वर की छवि देखना चाहता था किंतु गुरु के ज्ञान ने उसके इस भ्रम को तोड़ दिया।

कई बार इंसान की ईश्वर के प्रति कल्पना ही उसके ईश्वर प्राप्ति में बाधा बन जाती है। फिर जब गुरु जीवन में आते हैं तब वे उसे कल्पनाओं तथा मान्यताओं से मुक्त करके वास्तविकता का बोध कराते हैं। वरना इंसान ज़्यादातर अपनी कल्पनाओं में ही उलझा रहता है। इस बात को निम्न उदाहरण से समझें।

एक इंसान अपने छोटे भाई को इलाज के लिए अस्पताल लेकर गया और डॉक्टर के आने का इंतज़ार करने लगा। तभी उसे किसी रिश्तेदार का फोन आया इसलिए वह उससे बात करने के लिए उठकर बाहर चला गया। बाहर जाने से पहले उसने भाई से कहा, 'डॉक्टर आएँगे तो मुझे तुरंत आवाज़ देना।'

कुछ समय बाद वह इंसान अंदर आकर भाई से पूछता है, 'क्या डॉक्टर आ गए?' वह कहता है, नहीं। लेकिन वह इंसान देखता है कि डॉक्टर तो सामने खड़े हैं। फिर वह भाई से कहता है, 'अरे! डॉक्टर तो सामने खड़े हैं और तुम नहीं क्यों बोल रहे हो?' दरअसल डॉक्टर शब्द कहते ही इंसान कल्पना करता है कि डॉक्टर यानी कोई पुरुष ही होगा। जबकि वहाँ पर एक स्त्री डॉक्टर खड़ी थी इसलिए वह उसे डॉक्टर के रूप में पहचान नहीं पाया। इस प्रकार कल्पना बाधा बन जाती है।

'इडली' शब्द कहते ही आपके सामने गोल आकार ही आता है, चौकोन आकार कभी नहीं आता। आपको पता भी नहीं चलता कि कब यह आकार आपकी कल्पना में घर कर चुका है। यदि कोई चौकोन आकार की इडली लाए तो आश्चर्य ही होगा कि क्या इडली ऐसी भी होती है? परंतु इडली गोल हो या चौकोन इडली के आकार के प्रति इस मान्यता की वजह से आप किसी और

आकार में इडली की कल्पना नहीं कर पाते।

जब इंसान सत्य अर्थात ईश्वर की कल्पना करता है तो यही मान्यता अथवा कल्पना सत्य प्राप्ति में बाधा बन जाती है। जब तक इंसान के जीवन में गुरु नहीं आते तब तक वह मान्यताओं और कल्पनाओं में उलझा रहता है।

ईश्वर के रूप के प्रति इंसान की कई सारी मान्यताएँ और कल्पनाएँ हैं। जैसे, ईश्वर के इस-इस प्रकार के वस्त्र होंगे... इस-इस प्रकार के आभूषण होंगे... और इस-इस प्रकार का श्रृंगार होगा आदि। इस प्रकार की कल्पना अर्थात ईश्वर का यह रूप प्राथमिक कक्षा (के.जी.) के स्तर का है, जो अध्यात्म की प्राथमिक अवस्था है। शुरुआत में इसी तरह की कल्पना लोगों को दी जाती है ताकि वे अध्यात्म समझ पाए, उससे आगे बढ़ पाए।

जिस प्रकार एक बालक विद्यालय में जाकर 'ए फॉर एप्पल' सीखता है और उसे 'एप्पल' का चित्र दिखाया जाता है ताकि वह चित्र देखकर एप्पल को समझ सके। चूँकि वह अभी प्रारंभिक ज्ञान अर्जित कर रहा होता है इसलिए मात्र शब्दों से वह वस्तु के रूप को नहीं जान पाएगा। मगर उच्च कक्षा तक पहुँचने पर मात्र एप्पल और काईट शब्द से ही वह उनके रूप को जान पाता है। इसी कारण कॉलेज की पुस्तकों में चित्र नहीं होते क्योंकि उसकी कोई आवश्यकता ही नहीं।

आध्यात्मिक ज्ञान में भी यही होता है। शुरुआत में निराकार को समझने के लिए एक आकार की आवश्यकता होती है। ईश्वर को निराकार माननेवाले तथा आकार में माननेवाले दोनों ही अपने-अपने स्थान पर सही हैं। समझदार के लिए आकार और निराकार एक ही चीज़ है।

जो लोग आकार को मानते हैं या निराकार को, दोनों ही एक फिल्म देखते हैं। बिलकुल उसी प्रकार जैसे दो लोग एक ही फिल्म देख रहे हों। एक मध्यांतर (इंटरवल) से पहले की फिल्म देखता है और दूसरा मध्यांतर के बाद की फिल्म देखता है। फिल्म देखने के बाद जब दोनों की चर्चा होगी तो उनमें सही और गलत को लेकर विवाद ही होंगे।

कहने का तात्पर्य है कि अध्यात्म की शुरुआत में आकार की आवश्यकता है। हमें आकार का लाभ लेते हुए निराकार की तरफ जाना है। निराकार की तरफ जाने के लिए गुरु के मार्गदर्शन की आवश्यकता है।

गुरु अपने शिष्य के लिए उस श्रद्धा की नींव है, जिससे ईश्वर प्राप्ति हो सकती है। हालाँकि गुरु, ईश्वर का ही दूसरा प्रकट रूप है इसलिए हम समझते हैं कि गुरु कुछ-कुछ हमारे जैसे हैं और कुछ ईश्वर जैसे। गुरु हमारे भी नज़दीक हैं। सीधे ईश्वर से संबंध बनाना शायद हमारे लिए संभव न हो परंतु गुरु के ज़रिए यह संभव है। हम 'निराकार' को तो समझ न पाएँगे मगर गुरु के 'आकार' से हम 'निराकार' में झाँक सकें, निराकार को देख पाएँ।

कथन २८

पूर्ण समर्पण का महत्त्व

'वृहदशव' नामक राजा की यह मान्यता थी कि सौ यज्ञ करने के पश्चात ही स्वर्ग (देवलोक) में प्रवेश मिल पाएगा, अन्यथा नहीं। इस मान्यता के तहत राजा ने अश्वमेध यज्ञ जारी करवाया। अब तक उनके ९२ यज्ञ पूरे हो चुके थे। हर दिन एक यज्ञ संपन्न हो रहा था, राज्य में ज़ोरदार उत्सव मनाया जा रहा था। राज्य की जनता यज्ञ में शामिल हो रही थी और भोजन तथा दान-दक्षिणा का आनंद ले रही थी। हर दिन यज्ञ के लिए भारी मात्रा में धन भी खर्च किया जा रहा था। लेकिन खर्च किए जानेवाले धन से लोगों को क्या लाभ मिलने जा रहा है, इस पर सोचा नहीं जा रहा था।

यदि उस धन से ऐसी किसी बात का निर्माण किया होता, जिसका लाभ

लोग सदियों तक ले पाते तो उस धन का सही उपयोग हुआ, ऐसा कहा जा सकता है। मगर राजा वृहदशव पर तो स्वर्ग प्राप्ति की धुन सवार थी। जिस कारण बिना सोचे-समझे, अंधाधुंध इतना सारा धन खर्च किया जा रहा था। हालाँकि 'यज्ञ से स्वर्ग प्राप्त होना' मन के क्षेत्र की बात है। जिसके लिए ९२ तो क्या ९२ हज़ार यज्ञ भी करवाए जाएँ तो वे भी किसी को मन के परे, स्वअनुभव में लेकर नहीं जा सकते मगर राजा को यह बात कौन समझाए...! इस दौरान उनके गुरुजी भी वहाँ उपलब्ध न थे, वे समाधि में गए हुए थे। कुछ कालांतर पश्चात जब गुरुजी समाधि से बाहर आए तब उन्हें पहला विचार अपने शिष्य का यानी राजा वृहदशव का ही आया।

गुरु को दो ही बातों में अपने शिष्य का विचार आता है- या तो शिष्य उलझ गया है या आगे की तैयारी कर रहा है। अतः राजा वृहदशव का विचार आते ही गुरुजी समझ गए कि 'इतने दिनों से संपर्क न होने की वजह से राजा बहुत उलझ गए हैं। अब जाकर उन्हें इस उलझन से बाहर निकाला जाए ताकि वे अपनी सभी गलत मान्यताएँ मिटा दें, जिनकी वजह से यज्ञ पर यज्ञ किए जा रहे हैं और बेवजह राज्य का धन लुटाया जा रहा है।'

उपर्युक्त उद्देश्य को पूरा करने हेतु राजा के गुरुजी एक साधारण इंसान के वेश में यज्ञ के स्थान पर पहुँचे। वहाँ पर उन्होंने भोजन किया और जब दान देने की बात आई तब राजा ने उनसे पूछा कि 'आपको क्या दान चाहिए?' गुरुजी ने कहा, 'आप दान देने की बात तो करते हैं मगर वाकई मैं जो माँगूँ, क्या वह दे सकते हैं? राजा ने उत्साह के साथ कहा, 'हाँ ज़रूर, आप जो माँगें हम दे सकते हैं।' यहाँ पर राजा ने सोचा वैसे भी सौ यज्ञ पूरे होने जा रहे हैं तो जो भी माँगें, दे सकते हैं। राजा को झंझोड़ते हुए गुरुजी ने एक बार फिर से अपनी आज्ञा दोहराई और कहा, 'अब से जो तुम्हारा है, वह सब मेरा।' पौराणिक रीति नुसार एक बार वचन दिया तो जीवनभर पालना होता था। गुरु आज्ञा का पालन करते हुए राजा ने भी इस बात की स्वीकृति दी कि 'आज से जो मेरा है, वह सब आपका।' फिर गुरुजी ने राजा से दक्षिणा भी माँगी। पुरातन काल की प्रथानुसार किसी ने

आपसे दान लिया हो तो उसे स्वीकार करने के उपलक्ष्य में दक्षिणा भी दी जाती थी। इसे आज की भाषा में यूँ समझा जा सकता है जैसे आप किसी को दान दे रहे हैं और कोई आपसे दान ले रहा है तो इसका अर्थ वह आपके लिए निमित्त बन रहा है, आपको अभिव्यक्ति करने का मौका दे रहा है। इसलिए उसे दक्षिणा के रूप में धन्यवाद दिए जाते हैं।

इसी प्रथा के अनुसार गुरुजी ने राजा से दान स्वीकार करने के पश्चात दक्षिणा की माँग की। अब राजा सोच में पड़ गए कि 'क्या दक्षिणा दें?' अतः वे अपने गले का नवलखा हार उतारकर देने लगे। यह देख गुरुजी ने तुरंत उन्हें रोकते हुए कहा, 'यह आप क्या कर रहे हैं? यह हार तो पहले से ही मेरा है।'

गुरुजी की बात सुनकर राजा चौंक गए कि 'अरे! हाँ यह बात तो सही है।' फिर वे सोचने लगे कि 'यदि ऐसा है तो फिर मेरा महल... मेरे सिपाही... मंत्री... इस तरह पूरा राज्य उनका हो गया।' तब अचानक गुरुजी के ज़ोरदार स्वर राजा के कानों पर पड़े, 'तुमने अपना सब कुछ मुझे दे दिया तो तुम्हारा मन भी मेरा है। मेरी इजाज़त के बगैर तुम सोच कैसे सकते हो?' यह सुन राजा को फिर से ज़ोरदार झटका लगा कि बिना इजाज़त के सोच ही नहीं सकते तो वे चुप हो गए। उनके विचार अचानक थम गए और उन्हें समाधि की अवस्था प्राप्त हो गई। वैसे ही जैसे गहरी नींद में विचार बंद हो जाते हैं।

इस अवस्था में राजा ने स्वयं को समाधि के बीच, स्वप्न की अवस्था में पाया। जिसमें वे इंद्र के दरबार में खड़े हैं और इंद्र उनसे पूछ रहे हैं कि 'तुम्हारा पाप-पुण्य का बही खाता देख लिया गया है। तुमने ज़्यादा पुण्य कमाए हैं इसलिए तुम्हारे हिस्से स्वर्ग का सुख ज़्यादा है। मगर चूँकि तुमने थोड़े पाप कर्म भी किए हैं इसलिए थोड़े बहुत तुम नर्क के भी भागीदार हो। अब तुम्हें यह निर्णय लेना है कि दोनों में से पहले तुम क्या भुगतना चाहोगे? अच्छे कर्म का सुख या बुरे कर्म का दुःख।'

यह बिलकुल ऐसे ही है जैसे कोई आपको खाने में गुलाबजामुन परोसे और

साथ में करेले की सब्ज़ी भी खाना अनिवार्य बताए तो आप पहले कौन सा स्वाद चखना पसंद करेंगे? यकीनन पहले आप करेले की सब्ज़ी खत्म करना चाहेंगे और बाद में गुलाबजामुन के स्वाद का मज़ा लेंगे।

इसी तरह राजा ने भी तय किया कि पहले पाप कर्म भुगत लेंगे, बाद में आराम से अच्छे कर्मों के फलों का आस्वाद लेंगे। उनकी इच्छानुसार, पाप कर्मों के तहत उन्होंने स्वयं को रेगिस्तान में पाया। जहाँ वे प्यास के मारे तड़प रहे हैं और दूर-दूर तक फैला रेगिस्तान खत्म होने का नाम ही नहीं ले रहा। ऐसे में अचानक उन्हें याद हो आया कि 'मैं यह नर्क की यातना क्यों भुगत रहा हूँ? यदि मैंने अपना सब कुछ गुरुजी को अर्पण कर दिया तो फिर पाप कर्म मेरे कैसे हुए?' इस अज्ञान से जैसे ही परदा हटा तो उन्होंने स्वयं को स्वर्ग में पाया।

इस दौरान सही मायने में राजा का मनन शुरू हो गया। अब उन्हें सब कुछ साफ-साफ नज़र आने लगा कि 'यदि पाप कर्म मेरे नहीं तो पुण्य कर्म भी मेरे कैसे हो सकते हैं..?' अतः वे स्वर्ग-नर्क, पाप-पुण्य, सुख-दुःख, सफलता-असफलता, दोनों अतियों से मुक्त हुए। इसी को असली मुक्ति कहा गया है। वरना जीवन के अंत तक यह चक्र यूँ ही चलता रहता है। जिससे मुक्त राजा ने स्वयं को सत्य के अनुभव में पाया और उनकी आँखें खुलीं। देखा कि सामने नकली चेहरा निकाले हुए, अपने असली रूप में साक्षात उनके गुरुजी खड़े हैं।

शिष्य उपनिषद्

इस तरह गुरु द्वारा एक छोटे से प्रयोग ने राजा को मान्यताओं के बंधन से मुक्ति दिलाई वरना नर्क से मुक्त हुआ जा सकता है मगर स्वर्ग से मुक्ति ज़्यादा कठिन होती है।

साथ ही इस कहानी द्वारा यह संकेत किया गया है कि जागृत अवस्था में ही आप विचार शून्य, निर्विचार हो सकते हैं। राजा की अपने गुरु के प्रति पूर्ण श्रद्धा थी इसलिए गुरु का एक वक्तव्य, एक वचन सुनकर ही वे पूर्ण समर्पित हुए और उन्हें ज्ञान प्राप्त हुआ। अर्थात ज्ञान प्राप्ति के लिए पूर्ण समर्पण की ही आवश्यकता है।

यदि गुरु के प्रति आपकी श्रद्धा है, पूर्ण समर्पण है तो आत्मसाक्षात्कार के लिए गुरु का एक प्रवचन भी बहुत बड़ी मदद करता है। सत्य पाना अत्यंत सरल और सहज हो जाता है। यही है गुरु का महत्त्व।

कथन २९

गुरु-शिष्य का बेशर्त रिश्ता

एक शक्तिशाली राजा था। उसने अपने राज्य में एक विशाल व प्रशिक्षित सेना तैयार की थी। वह अपने सैनिकों की शक्ति व कुशलता पर बहुत अभिमान करता था। राजा, गुरु गोबिंद सिंहजी का भक्त था मगर उनके समक्ष भी अपने अभिमान को प्रकट होने से रोक नहीं पाता था।

एक दिन उसने गुरु गोबिंद सिंहजी से कहा, 'आपकी सेना बेहद मामूली है और इसमें अप्रशिक्षित सैनिक भरे पड़े हैं। यदि मेरे होशियार, बहादुर और उच्च प्रशिक्षित सैनिकों को आपकी सेना में शामिल कर दिया जाए तो हम मिलकर किसी भी युद्ध को आसानी से जीत सकते हैं।'

गुरु गोबिंद सिंहजी जानते थे कि राजा उनके प्रति श्रद्धालु है मगर उसमें एक अवगुण भी है, उसमें अभिमान कूट-कूटकर भरा हुआ है। गुरु ने राजा का गुरूर

तोड़ने का निश्चय किया। वे राजा को यह भी जनवाना चाहते थे कि सिख सैनिक किस मिट्टी के बने हुए हैं और समय आने पर वे भक्तिपूर्वक अपनी शक्ति का प्रदर्शन भी कर सकते हैं।

तभी एक आदमी ने आकर गुरुजी को एक बंदूक भेंट की। गुरु ने तुरंत अपने शिष्यों को एक संदेश भेजा कि 'मुझे अभी-अभी एक बंदूक उपहार में मिली है, जिसे मैं चलाकर देखना चाहता हूँ। मेरे बेटों (सिख सैनिकों) में से जो भी इस बंदूक के निशाने पर खड़ा होने को तैयार हो, वह मेरे पास चला आए।'

गुरु गोबिंद सिंहजी के इस संदेश को सुनकर राजा को आश्चर्य हुआ। 'गुरु गोबिंद सिंहजी जैसा आध्यात्मिक संत अपने अनुयायी शिष्यों को इस प्रकार की आज्ञा दे, यह तो निरा पागलपन है।' राजा ने मन ही मन यह विचार किया फिर भी वह चुपचाप सब देखता रहा।

सबसे पहले दो सिख सैनिकों के पास जैसे ही संदेश पहुँचा वे दौड़ते हुए गुरुजी के पास पहुँचे। वे दोनों सैनिक पिता-पुत्र थे और दोनों ही गुरुजी के समक्ष उनकी बंदूक का पहला निशाना बनने के लिए उतावले हो रहे थे। वे दोनों आपस में झगड़ रहे थे कि गुरुजी के लिए जान अर्पण करने का पहला हक उनका बनता है। इसलिए वे दोनों ही सिख गुरुजी से आग्रह करने लगे, 'कृपया मुझ पर ही पहले निशाना साधकर नई बंदूक चलाई जाए।'

गुरु गोबिंद सिंहजी ने उन दोनों पिता-पुत्र को सामने खड़ा करके निशाना साधा। उन्होंने समझते-बूझते हुए बंदूक इस प्रकार चलाई कि एक-एक कर गोली दोनों सिखों के सिर के ऊपर से निकल गई। किंतु उन्हें किसी भी प्रकार की हानि नहीं पहुँची।

राजा वहीं खड़ा यह सब देख रहा था, दोनों सिख सैनिकों की निर्भीकता और समर्पण देखकर वह दंग रह गया। गुरुजी जो सबक राजा को सिखाना चाहते थे उसे वह भली-भाँति समझ चुका था। अभिमानी राजा तुरंत गुरु गोबिंद सिंहजी के चरणों में गिर पड़ा। वह समझ गया था कि सशक्त और योग्य सैनिक वही होता है जो सबसे पहले अपने नायक के प्रति समर्पण की भावना रखता हो। नायक के संकेत मात्र पर अपनी जान न्योछावर करने में क्षणभर भी नहीं झिझकता हो। राजा के मन में गुरुजी के प्रति आदर और सम्मान और भी अधिक बढ़ गया।

शिष्य उपनिषद्

गुरु और शिष्य के पवित्र रिश्ते में कहीं भी यह भाव नहीं होता है कि 'मैंने तुम्हारे लिए कुछ किया है तो तुम्हें भी मेरे लिए कुछ करना ही पड़ेगा।' संसार में अन्य सभी रिश्तों में लोग शर्त रखते हैं। अकसर आपने लोगों को ऐसा कहते सुना होगा कि 'हमारे घर में शादी है, आपको ज़रूर आना है। यदि आप नहीं आए तो आपके घर की किसी शादी में हम भी नहीं आएँगे।'

परंतु महाजागरण में बने गुरु-शिष्य के रिश्ते में कोई शर्त नहीं होती क्योंकि यह रिश्ता बेशर्त होता है। बेशर्त यानी जहाँ शिष्य, गुरु के प्रति पूर्ण समर्पित होता है। जब 'मैं' का भाव ही समर्पित हो जाता है तब गुरु की हर आज्ञा का पालन होता है। समर्पण का अर्थ ही है गुरु पर पूर्ण विश्वास होना।

गुरु पर दृढ़ विश्वास के कारण शिष्य का मन अकंप बनता है वरना किसी भी समस्या के सामने आते ही उसका मन हिल जाता है। इंसान तो यही चाहता है कि उसे किसी भी समस्या का सामना न करना पड़े। लेकिन मन को अकंप बनाना है तो उसे समस्याओं और घटनाओं से आमना-सामना करना ही पड़ेगा। बिना घटनाओं के मन अकंप नहीं बन सकता। समस्या आएगी नहीं तो कैसे पता चलेगा कि हमारे अंदर विश्वास और समर्पण भाव विकसित हुआ है या नहीं।

शिष्य का अज्ञान, अ-ध्यान और अहंकार, तीनों समर्पित हो जाएँ तो फिर वह गुरु के उच्चतम मार्गदर्शन को ग्रहण कर पाएगा।

कथन ३०

गुरु-दक्षिणा का उद्देश्य

बुद्ध की भाँति एक ज्ञान पिपासु, सत्य की खोज में एक जंगल का आसरा लेता है। वहाँ पर वह अपने हिसाब से कुछ साधनाएँ करता है। इस अभ्यास में कई दिन गुज़ारने के बाद आखिर में उसे एक गुरुजी के दर्शन होते हैं, जिनसे वह ज्ञान की माँग करता है। यहाँ ध्यान देने योग्य बात यह है कि कोई भी इंसान, कहीं भी जाए, उसकी पहली भावना होती है कि उसे कुछ मिले। इस इंसान के साथ भी बिलकुल ऐसा ही है। उसका पूरा ध्यान इसी बात पर लगा हुआ है कि कुछ तो मिले। फिर चाहे वह जंगल में ही क्यों न मिले मगर मिले ज़रूर। ऐसे में यदि किसी को साक्षात मार्गदर्शन देनेवाले गुरुजी मिल जाएँ तो यह उसके लिए बिलकुल सोने पे सुहागावाली बात हो जाती है। अतः ज्ञान पाने के लिए वह इंसान भी दिन-रात साधनाओं के ज़रिए अभ्यास करता है। ऐसे में उसे गुरु प्राप्त होते हैं, जिनके सम्मुख वह अपनी ज्ञान प्राप्ति की प्यास दर्शाता है। इस

पर गुरुजी उससे कहते हैं, 'पहले तुम अपनी ओर से दो, फिर तुम्हें दिया जाएगा।'

गुरु द्वारा ज्ञान पाने और गुरु को दान-दक्षिणा देने की प्रथाएँ बरसों से चली आ रही हैं। जिसके पीछे उद्देश्य था कि लोगों का ध्यान कुछ पाने की चाहत से हटकर, इच्छारहित साधना में लगे। इसी उद्देश्य से गुरुजी ने जब उस इंसान से दक्षिणा माँगी तो उसने अपनी असमर्थता दर्शाते हुए कहा, 'इस वक्त तो मेरे पास आपको देने लायक कुछ भी नहीं है?... क्या किया जाए?... मैं आपको क्या दूँ?'

उसकी लाचारी देख, गुरुजी ने उससे कहा, 'बिना कुछ दिए तुम्हारे लिए ज्ञान पाना संभव नहीं है। तुम्हें कुछ तो दान देना ही पड़ेगा तभी ज्ञान मिलेगा वरना नहीं।' अब उस इंसान के सामने ऐसी दुविधाभरी स्थिति उत्पन्न हुई, जिसमें वह समझ नहीं पा रहा था कि क्या करे – गुरुजी को देने के लिए कुछ नहीं है और ज्ञान प्राप्ति की तीव्र चाहत भी है। इस सोच में डूबे हुए वह बाहर आया। अचानक उसने सामने पड़े पत्थर के ज़रिए अपना एक दाँत तोड़ा और गुरुजी के चरणों में अर्पित किया। इस पर गुरुजी ने शांत स्वर में उससे कहा, 'यह भी चलेगा।'

हालाँकि गुरुजी को उसके दाँत से कोई लेना-देना नहीं था और न ही उनकी रुचि उसके द्वारा लानेवाले वस्तुओं में थी। सामनेवाले के अंदर देने का भाव, समर्पण का भाव जगे, बस यही गुरुजी का उद्देश्य था। जिसके लिए शिष्य की परीक्षा ली गई। ऐसी घटना से समझ में आता है कि ज्ञान प्राप्ति के लिए सामनेवाले की आंतरिक तैयारी हुई है या नहीं।

शिष्य उपनिषद्

ज्ञान के प्यासे शिष्य के लिए ज़रूरी है कि वह पूर्ण श्रद्धा से गुरु की शिक्षाओं के लिए समर्पित हो जाए। गुरु की हर आज्ञा का पालन करे, गुरु के सम्मुख ग्रहणशील होकर उपस्थित रहे।

गुरु-शिष्य का संबंध ठीक वैसा ही है, जैसे बाज़ और खरगोश (Eagle & Rabbit) का। यहाँ खरगोश का अर्थ है व्यक्ति (Individual I), नकली अहंकार। कैसे? इसे समझें। बाज़ आकाश में उड़ता रहता है, जैसे ही उसे नीचे खरगोश नज़र आता है, वह झपट्टा मारकर उसे उठा लेता है। जी हाँ! इसमें खरगोश (अहंकार) की मृत्यु होती है।

इसी तरह गुरु-शिष्य के संबंध में शिष्य के अहंकार की मौत होती है। शिष्य का अहंकार मरता है, मिटता है और वह गुरु तत्त्व के साथ एक हो जाता है। परंतु इसके लिए खरगोश को उपलब्ध रहना होगा। उसे बाज़ के सामने इस तरह आना होगा कि बाज़ की नज़र उस पर टिकी रहे। यदि खरगोश छिप जाए तो वह आकाश में उठाया नहीं जाएगा। अगर उसे उठाया गया और वह लड़ता रहा तो यह पूर्ण समर्पण नहीं हुआ। गुरु के सामने जब शिष्य पूरी तरह से समर्पित होता है तभी गुरु उसे ज्ञान देते हैं।

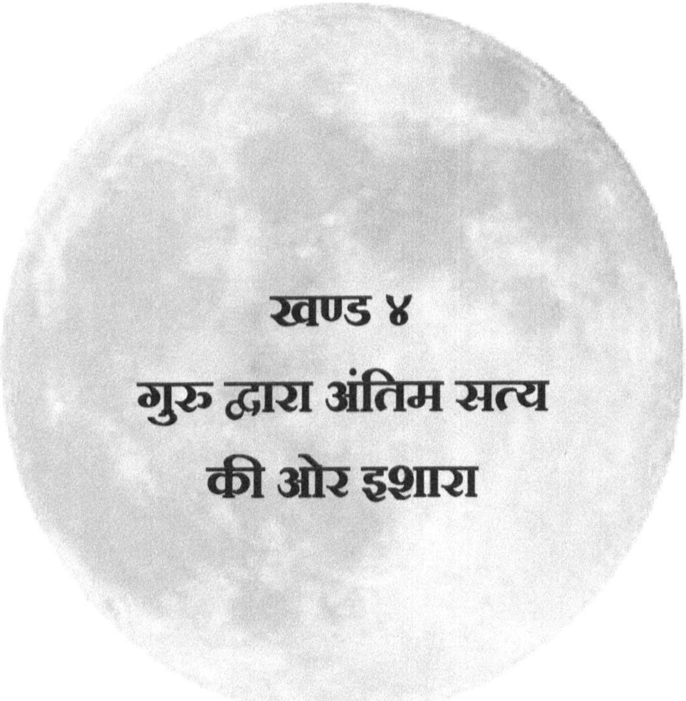

खण्ड ४
गुरु द्वारा अंतिम सत्य की ओर इशारा

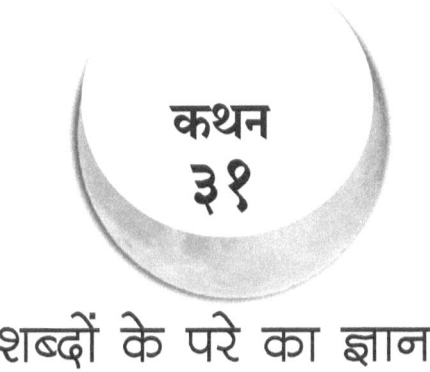

कथन ३१

शब्दों के परे का ज्ञान

एक आदमी सत्य की तलाश में यहाँ-वहाँ भटक रहा था। भटकते-भटकते वह समुद्र तट पर जा पहुँचा। समुद्र के किनारे एक साधु महाराज ध्यान लगाए बैठे थे। उन्हें देखकर उस आदमी को विचार आया, 'शायद ये महाराज सत्य प्राप्ति में मेरी मदद कर सकते हैं।' इसलिए वह वहीं बैठकर उनकी आँखें खुलने की प्रतीक्षा करने लगा। थोड़ी देर बाद जब साधु महाराज ने आँखें खोलीं तो उस आदमी ने उनके पैरों को छूकर पूछा, 'मैंने आपको कोई तकलीफ तो नहीं दी? आपके ध्यान में खलल तो नहीं पड़ा? महाराज, दरअसल मैं सत्य को पाना चाहता हूँ और उसके लिए मैं कुछ भी कर सकता हूँ। क्या आप सत्य प्राप्ति में मेरा मार्गदर्शन करेंगे?'

साधु ने उसकी ओर देखा और फिर आँखें बंद करके मौन में चले गए। सत्य शोधक ने अपना सिर पकड़ लिया और मन ही मन बोला, 'यह साधु तो पागल लगता है। मैंने इससे प्रश्न किया और यह फिर आँखें बंद करके बैठ गया।' झुँझलाकर

उसने साधु को हिलाया और कहा, 'साधु महाराज, मेरे प्रश्न का उत्तर दीजिए?'

साधु ने जवाब दिया, 'मैं उत्तर दूँगा मगर कुछ देर शांत बैठो और कुछ मत करो। जिस तरह से मिट्टी में घास अपने आप उगती है उसी प्रकार तुम्हारे प्रश्न का उत्तर भी तुम्हें खुद-ब-खुद मिल जाएगा। तुम केवल शांत रहो, मौन का आनंद लो।'

सत्य शोधक ने पूछा, 'लोग मुझसे पूछेंगे कि मैं शांत बैठकर क्या कर रहा हूँ तो मैं उन्हें क्या कहूँगा? इसलिए क्या आप इस विधि को कुछ नाम दे सकते हैं?' तब साधु ने अपनी उँगली से रेत पर लिख दिया, 'ध्यान'।

सत्य शोधक ने असमंजस भरे स्वर में कहा, 'यह तो बहुत ही छोटा उत्तर है!' साधु ने बड़े शब्दों में लिख दिया, 'ध्यान।'

सत्य शोधक ने कहा, 'यह तो केवल शब्द का आकार बड़ा हो गया है, आपने शब्द तो वही लिखा है।'

इस पर साधु ने कहा, 'अगर मैंने इस शब्द के बारे में और अधिक कहा तो वह गलत होगा। क्योंकि कई शब्दों से मिलकर भी इसे बयान नहीं किया जा सकता। अगर तुम इसकी महिमा जानना चाहते हो तो सिर्फ वही करो, जो मैंने तुम्हें कहा है। कुछ समय बाद तुम्हें अपने प्रश्नों के उत्तर स्वयं ही मिल जाएँगे।' इस वार्तालाप के बाद साधु मौन में चले गए और कुछ समय बाद वह इंसान भी मौन का आनंद लेने लगा।

शिष्य उपनिषद्

सत्य शोधक जब गुरु से ज्ञान की माँग करता है तो यह अपेक्षा भी रखता है कि गुरु उसे शब्दों में ज्ञान दें। उस वक्त वह यह नहीं जानता कि शब्दों का ज्ञान मौन की ओर ले जाने के लिए ही है। जब गुरु उसे सीधे मौन में जाने के लिए कहते हैं तो वह यह बात तुरंत नहीं समझ पाता। यही कारण है कि जब कोई शिष्य सत्य की खोज शुरू करता है तब उसे पहले शब्दों से ही ज्ञान दिया जाता है।

उदाहरण के लिए अगर कोई बच्चा कहे, 'मुझे चाँद लाकर दो। मुझे चाँद चाहिए।' तो आप क्या करेंगे? तब आप थाली में पानी भरकर चाँद की परछाईं दिखाकर कहेंगे, 'यह चाँद है।' बच्चा समझेगा कि थाली में सचमुच चाँद ही है और वह खुश हो जाएगा कि उसे चाँद मिल गया। मगर आप तो जानते हैं कि चाँद को धरती पर नहीं लाया जा सकता। हाँ, स्वयं चाँद पर जाकर उसका अनुभव कर सकते हैं। मगर यह बात छोटे बच्चे को समझाई नहीं जा सकती। जैसे-जैसे बच्चे की उम्र बढ़ती है और वह भुगोल पढ़ता है तब वह समझ जाता है कि असली चाँद क्या है और चाँद को धरती पर क्यों नहीं लाया जा सकता इत्यादि।

इसी तरह गुरु जानते हैं कि सत्य अनुभव को शब्दों में बयान नहीं किया जा सकता, उसे सिर्फ अनुभव किया जा सकता है। सत्य का अनुभव करने के लिए ध्यान और मौन में रहना सबसे उत्तम तरीका है। यदि गुरु कहते हैं कि 'ध्यान करो, मौन में रहो' तो उनकी आज्ञा का पालन करें। ध्यान में रहने के लिए आपको कुछ भी नहीं करना है। आप वही हैं, जिसकी आप खोज कर रहे हैं। शरीर तो निमित्त मात्र है।

मान लीजिए आपके पास एक आइना है। उस आइने का एक ही लक्ष्य है, आपको स्वयं से मिलाना और आपके अस्तित्त्व का एहसास कराना। कल्पना करें कि उस आइने की भी आँखें हों, उसकी भी एक अलग दुनिया हो और उन आँखों की बदौलत वह बहुत सारी चीज़ें देखने लगे। इसके बावजूद वह आपको आपका एहसास कराए तो? तब वह सही निमित्त बनेगा। हमारा शरीर भी हमारा आइना है। आप आइने से अलग हैं। उसी प्रकार गुरु और कुछ नहीं करते, बस आपको याद दिलाते हैं कि आप आइना (शरीर) नहीं है, आइना तो निमित्त मात्र है। इस समझ को गहराई में उतारने के लिए 'ध्यान' मदद करता है।

गुरु एक दर्पण की तरह है इसलिए शिष्य को बिना किसी डर और मलिनता के अपने आपको दर्पण के सामने उपस्थित करना चाहिए। गुरु की उपस्थिति एक दिन उसके शरीर को भी आइना बना देगी, जिसमें वह अपने असली चेहरे को, जो वह हकीकत में है, देख पाएगा। यही है गुरु का महत्त्व।

कथन ३२

शिष्य की गुरु दर्शन की अभिलाषा

बीबी शांति आध्यात्मिक विचारोंवाली एक सिख महिला थीं। वह गुरुबानी का पाठ करती रहती और गुरु की अरदास में डूबी रहती थी। संयोग से उसका विवाह जिस परिवार में हुआ वे न तो सिख मत को मानते थे और न ही किसी अन्य आध्यात्मिक गुरु के अनुयायी थे। भक्ति में लीन बीबी शांति के लिए उसके ससुरालवाले सोचते कि यह तो हमेशा गुरु की रट लगाए रहती है और उनके पीछे पागल है। लेकिन गुरु के प्रति उसके निश्छल प्रेम को देखते हुए उसका पति भी सिख मत का अनुयायी बन गया। थोड़े समय बाद उनके यहाँ एक पुत्र ने जन्म लिया, जिसका नाम उन्होंने 'पुल्ला' रखा। पूरा परिवार बहुत खुश था।

किंतु यह खुशी अधिक दिनों तक नहीं टिक पाई। बीबी शांति पर तब दु:ख

का पहाड़ टूट पड़ा जब अचानक उसके पति का देहान्त हुआ। पति की मृत्यु के पश्चात आसपास के लोग बीबी शांति के साथ बुरा बरताव करने लगे। पूरे गाँव में उसके साथ कोई भी ठीक से बात तक नहीं करता था। उसकी सास ने तो उसे धक्के मारकर घर से बाहर निकाल दिया था।

अपने बुरे हालातों के बावजूद बीबी शांति की अपने गुरु के प्रति श्रद्धा में कोई कमी नहीं आई। वह अकेले ही अपने पुत्र का लालन-पालन अच्छे ढंग से कर रही थी। उसके होंठों पर हमेशा गुरु का नाम रहता था, वह अपने पुत्र को सदा गुरु की कहानियाँ सुनाती रहती थी। पुल्ला के अंदर भी इसी प्रकार के संस्कार आने लगे और उसके मन में भी गुरु हरगोबिंद साहबजी के प्रति श्रद्धा और विश्वास बढ़ने लगा। वह बालक हमेशा गुरुजी की प्रार्थना करता रहता। उसके मन में गुरु के दर्शन की अभिलाषा बहुत बढ़ने लगी।

बीबी शांति अपने भक्त पुत्र को कहती, 'अगर तुम सच्चे मन से गुरुजी से प्रार्थना करोगे तो एक दिन वे तुम्हारी विनती ज़रूर सुनेंगे और दर्शन भी देंगे। पुल्ला उस शुभ दिन का बेसब्री से इंतज़ार कर रहा था, जब गुरुजी स्वयं उसे दर्शन देंगे। उस दिन की तैयारी में वह अपने पास सदा एक कपड़े में कुछ मिठाइयाँ बाँधकर रखता था। वह सोचता, 'न जाने कब गुरुजी यहाँ आ जाएँ, उनके स्वागत सत्कार के लिए तैयार रहना चाहिए।'

वह निरंतर यही प्रार्थना करता, 'ओ सच्चे बादशाह! सांचे गुरु! मेरी तमन्ना केवल तुम्हें देखनेभर की है, संसार में मेरी और कोई इच्छा नहीं है। मैं तो बस आपके दर्शन करना चाहता हूँ। मेरी आपसे अरज है, आप मुझे अपना मुख अवश्य दिखा दें।'

एक दिन पुल्ला एक पेड़ के नीचे बैठा था, उसे कुछ घोड़ों की टापों का स्वर सुनाई दिया। जैसे ही उसने सामने देखा, वह उछल पड़ा। साक्षात गुरु हरगोबिंद साहब अपने कुछ शिष्यों के साथ घोड़ों पर सवार होकर चले आ रहे थे। वे वहीं आकर रुके जहाँ पुल्ला बैठा हुआ था।

पुल्ला तो जैसे खुशी से पागल हुआ जा रहा था। उनकी सेवा-सत्कार के लिए वह अपनी मिठाइयोंवाली पोटली खोलने लगा और बोला, 'यह लो सच्चे

बादशाह! यह आपके लिए ही है।' किंतु वह पोटली खुलने का नाम ही नहीं ले रही थी। पुल्ला ने मिठाइयों की पोटली को बहुत सहेजकर कई गाँठें लगा रखी थीं। भाई पुल्ला उसे बहुत दूर से ढोता ला रहा था, इस कारण गाँठें और भी कस गई थीं। पुल्ला पोटली को खोलने में उलझता ही जा रहा था।

उसे परेशान देखकर गुरुजी ने कहा, 'लाओ, मैं तुम्हारी गाँठें (बंधन) खोल देता हूँ...' गुरुजी के मुख से यह बात सुनते ही भाई पुल्ला को अनुभव हो गया कि वे केवल पोटली की गाँठों को खोलने की ही बात नहीं कर रहे हैं। वे तो पुल्ला को सांसारिक बंधनों से मुक्त कराने की बात कर रहे हैं। इसके बाद उन्होंने न केवल मिठाई की पोटली की गाँठें खोलीं बल्कि पुल्ला की अंतरात्मा को ही बंधनों से मुक्त कर दिया।

उसके बाद गुरु हरगोबिंदजी ने भाई पुल्ला से कहा, 'मैं और मेरे शिष्य भूखे हैं, हमारे लिए लंगर की व्यवस्था करो।' वह दिन पुल्ला के लिए बहुत सौभाग्यशाली था। गाँववाले अपने-अपने मकानों की छतों से यह नज़ारा देखकर मन ही मन खुश हुए जा रहे थे। वे जानते थे कि बीबी शांति और उसका बेटा पुल्ला अपने लिए तो हर रोज़ भोजन नहीं जुटा पाते तो इतने सारे लोगों के भोजन की व्यवस्था कैसे कर पाएँगे? वे माँ-बेटे को शर्मिंदा होते देख मज़ा लेना चाहते थे।

गुरु हरगोबिंदजी तो ठहरे सर्वज्ञ ज्ञानी, सबके मन की थाह जाननेवाले। उन्होंने भी अपनी लीला दिखा दी। उन्होंने पुल्ला से कहा, 'तुम अभी जाकर सभी गाँववालों को न्यौता देकर आओ कि वे आज हमारे साथ ही लंगर का आनंद लें।'

भाई पुल्ला ने गुरु की आज्ञानुसार पूरे गाँव को निमंत्रण दे दिया। गाँववाले तो माँ-बेटों की परेशानी बढ़ाने को आतुर ही थे, वे सबके सब चले आए। उन्होंने यह भी तय कर लिया था कि वे पुल्ला की रुपए-पैसे या अनाज आदि किसी भी चीज़ से मदद नहीं करेंगे। इतना ही नहीं लंगर का भोजन तैयार करने में भी कोई उनकी मदद नहीं करेगा।

उधर गुरुजी ने भाई पुल्ला को दो बड़े कपड़े दिए और कहा, 'इनमें से एक

कपड़ा दाल पर और दूसरा आटे के उस पिंड पर ढँक दो, जिससे रोटियाँ बनानी हैं। बस अपनी माँ को इतना समझा देना कि जब वे खाना बनाने लगे तो उस दौरान कपड़ा उठाकर न देखे कि कितना आटा या दाल बची है।'

भाई पुल्ला और माँ ने ऐसा ही किया। बीबी शांति रोटियाँ बनाने बैठ गई और भाई पुल्ला सबको खाना परोसने लगा। हालाँकि उनके पास कुछ ही लोगों को खिलाने के लिए आटा व दाल थी पर आश्चर्य! लंगर में खाना बनता गया और लोग पेट भर-भरकर खाते गए। सभी खाना खा चुके तो गाँववालों को बहुत आश्चर्य हुआ कि यह कैसे संभव हुआ? उन्हें पहले से ही मालूम था कि आटा बहुत कम था पर इतने सारे लोगों के खाने के बावजूद खाना कम नहीं पड़ा। तब उन्हें गुरु की वास्तविक महिमा का बोध हुआ। उन्हें समझ में आ गया कि गुरुजी ने अपने प्रिय भक्त को शर्मिंदा होने से बचाया है। अपनी गलती पर शर्मिंदा होकर वे सब गुरु हरगोबिंदजी के चरणों में गिर पड़े।

ऐसी होती है गुरु कृपा, जो अपने शिष्य की लाज बचाने के लिए क्या कुछ नहीं करते। धन्य है वह भक्त जिसे अपने गुरु में इतनी आस्था और विश्वास है कि उनके कहे अनुसार चलने में ज़रा भी संकोच नहीं करता है।

शिष्य उपनिषद्

जिस प्रकार एक भक्त अपने गुरु के लिए कुछ भी करने को तत्पर होता है, उसी प्रकार गुरु भी अपने भक्त का खयाल अवश्य रखते हैं।

गुरु पर तो पूरे विश्व की ज़िम्मेदारी होती है। वे अपने शिष्यों को ज्ञान देने और स्वअनुभव में स्थापित होने के लिए उचित मार्गदर्शन देते हैं। जब शिष्य गुरु से ज्ञान प्राप्त करना आरंभ करता है तब वह अकर्ता भाव से, भूत-भविष्य के बोझ से मुक्त होकर जीवन का आनंद लेने व देने लगता है। उसके बाद वह खोजी से भक्त बनकर धन्यवाद के भाव में जीता है। भजन, सराहना व आश्चर्य भाव में जीने से धीरे-धीरे उसका अहंकार पिघलने लगता है। 'सब कुछ ईश्वर की इच्छानुसार हो रहा है', ऐसी समझ पाकर, वह दृष्टा बनकर ईश्वर द्वारा रचित सारा खेल देखता है। यही है गुरु का महत्त्व।

रिश्तों के बंधन में जकड़े हुए इंसान का सारा जीवन अपनी तथा दूसरों की

ज़िम्मदारियों को निभाने में ही बीत जाता है। वहीं गुरु हर बंधन, हर इच्छा, हर रिश्ते से मुक्त होकर उनसे परे जा चुके होते हैं। आत्मसाक्षात्कार के बाद अहंकार की मौत हो जाती है और जो अपने आपको दूसरों से अलग मानकर जीता है, वह विलीन हो जाता है। इस अवस्था में स्थापित हो चुके गुरु पूरे विश्व की ज़िम्मेदारी को अपना लेते हैं।

इस लीला की रोचक बात यह है कि जब इंसान अज्ञान में होता है तो उसे एक अकेले इंसान की ज़िम्मेदारी भी पहाड़ सी प्रतीत होती है। जबकि स्वअनुभव प्राप्त गुरु के लिए सारे विश्व की ज़िम्मेदारी भी छोटी सी ही प्रतीत होती है। उन्हें तो इस कार्य में आनंद एवं अभिव्यक्ति की अनुभूति होती है। मगर शंका से घिरा हुआ शिष्य, गुरु के स्वअनुभव तथा कार्य से अनभिज्ञ होता है इसलिए वह स्वअनुभव को पहचान नहीं पाता। ऐसे शिष्य को जब अपना अनुभव होगा तभी वह गुरु तथा गुरु के कार्य को पूर्णत: समझ पाएगा।

कथन ३३

शिष्य के लिए गुरु का संदेश

एक तोता, बरसों से पिंजरे में कैद था। वह एक अद्‌भुत तोता था, जो बोलता था। एक दिन तोते को पता चला कि उसका मालिक अपने गुरु से मिलने, कुछ दिनों की यात्रा पर जा रहा है। उसने अपने मालिक से कहा, 'मेरा भी एक संदेश आपके गुरु तक पहुँचा दो। उनसे कहना कि मैं वर्षों से पिंजरे में कैद हूँ। लौटने पर मुझे गुरु का संदेश ज़रूर बताना।'

मालिक ने तोते का संदेश गुरु तक पहुँचा दिया। गुरु सुनकर खामोश हो गए, उन्होंने अपनी आँखें बंद कर ली और समाधि की अवस्था में चले गए। मालिक घर लौटा और वहाँ जो घटना घटी, वह आकर तोते को सुनाई। तोते ने जब यह सुना तो उसने भी अपनी आँखे बंद कर ली और नीचे गिर गया।

फिर मालिक ने तोते को पिंजरे से यह सोचते हुए बाहर निकाला कि

शायद गुरु ने उसके संदेश का जवाब नहीं दिया, इस कारण तोते को गहरी चोट पहुँची हो। उस चोट के कारण उसके प्राण पखेरू उड़ गए और वह मर गया हो। जिस वक्त तोते को पिंजरे से बाहर निकाला गया, वह झट से उड़कर सामने पेड़ पर जा बैठा। मालिक ने तोते से पूछा, 'यह क्या किया? तुमने मुझे धोखा दिया। तुमने ऐसा अभिनय किया जैसे कि मर चुके हो मगर तुम तो ज़िंदा हो।'

तोते ने जवाब दिया, 'यही संदेश आपके ज़रिए गुरु ने मुझे भेजा था, समाधि में चले जाओ तो समाधान मिलेगा। मैंने वही किया इसलिए आज मैं मुक्त हूँ, आज़ाद हूँ।'

शिष्य उपनिषद्

इस कहानी से समझें कि गुरु का संदेश एक ही है, 'उड़ान भरो, समाधि में जाओ। जब ज़िंदा हो तभी समाधि में जाओ, जीते जी मर जाओ। मेरे जैसे हो जाओ, बस! 'मैं' हो जाओ।'

गुरु का संदेश बहुत सरल और सीधा है। इंसान के जीवन का अंतिम लक्ष्य यही है कि जिस अनुभव में गुरु स्वयं हैं, उसी अनुभव में वे भी स्थापित हो जाएँ। 'आप दूसरों को देखकर स्वयं को जान नहीं पाएँगे, यह बात वास्तविक गुरु ही आपको सिखाएँगे। गुरु की दीक्षा के द्वारा आप ऐसा स्वरूप ले पाएँगे कि दूसरे आपको देखकर अपने आपको जान पाएँगे। स्वयं ही स्वयं को जानें, स्वयं ही अपने आपको पहचानें। आप ऐसे बन जाएँगे कि आप औरों के लिए प्रेरणा बन पाएँगे और दूसरों के लिए संभावनाओं के द्वार खोल पाएँगे। इसके बाद लोग आपको देखकर अपने आपको जानने की यात्रा पर निकल सकते हैं।'

गुरु के ज्ञान देने का तरीका अनोखा होता है मगर कई बार शिष्य ही उसे समझ नहीं पाते। इसलिए गुरु को बताना पड़ता है कि वे शिष्य से क्या चाहते हैं, साथ ही वे अपने शिष्यों को अपने जैसा क्यों बनाना चाहते हैं?

शिष्य को अपने जैसा बनाने का अधिकार गुरु को पूर्ण रूप से होता है। यह अधिकार गुरु के अतिरिक्त और किसी को नहीं होता है। गुरु यह जानते हैं कि वे 'कुछ नहीं' हैं और शिष्य को भी 'कुछ नहीं' बनाना चाहते हैं। यहाँ कुछ नहीं का अर्थ है कि आप 'अपने होने में', 'अपने अस्तित्त्व में' स्थापित हो सकते हैं। 'कुछ नहीं' की अवस्था में होने पर ही आप समझ पाएँगे कि 'ईश्वर ही है, ईश्वर के अलावा और कुछ भी नहीं है।'

इस तरह गुरु 'शिष्य' को शिष्य नहीं बल्कि अपने जैसा ही बनाएँगे,

अपने से कम नहीं। बहुत बार मन में गुरु को समझने में दुविधा होती है। मन तो अपेक्षा करता है कि वह गुरु को समझे, उनके कार्य करने के ढंग को जाने। अगर गुरु पर अटूट विश्वास और पूर्ण श्रद्धा है, गुरु व गुरु के हर शब्द के प्रति भक्ति व महत्ता है तो उनका हर शब्द आपको आंतरिक दृष्टि प्रदान करेगा। एक न एक दिन वह परम फल प्राप्त होगा जिसे आत्मसाक्षात्कार या स्वअनुभव कहा गया है।

कथन ३४

जीवन के पाँच सबक

ज्ञान प्राप्ति की प्यास लिए एक शिष्य आश्रम में प्रवेश करता है। वह गुरुजी से मिलकर अपनी इच्छा ज़ाहिर करता है, 'मैं स्वयं को जानना चाहता हूँ, क्या करूँ?' उसकी प्यास परखने हेतु गुरुजी उसे आश्रम में रहने की अनुमति देते हुए कहते हैं, 'ठीक है, एक साल तक बिना किसी से कुछ पूछे तुम यहाँ रह सकते हो।' इस तरह गुरु आज्ञा का पालन करते हुए वह शिष्य आश्रम में रहने लगता है।

एक साल बीत जाने के बाद वह शिष्य गुरुजी को याद दिलाता है कि 'आपकी आज्ञा के अनुसार एक साल पूरा हो चुका है, अब मुझे ज्ञान दिया जाए।' उसकी जिज्ञासा देख गुरुजी उससे कहते हैं, 'एक इंसान के साथ तुम्हें कुश्ती लड़नी होगी।'

कुश्ती खेलने के लिए अखाड़ा बनाया गया। गुरुजी यह जानते थे कि दूसरा इंसान कुश्ती खेलने में माहिर है और साधक शिष्य को भी कुश्ती आती है। इसमें गुरुजी जान-बूझकर यह ऐलान करते हैं कि 'इस लड़ाई में जो शिष्य हार जाएगा

उसे मौत की सज़ा होगी।' यह सुन साधक शिष्य बड़ी दुविधा में पड़ जाता है। कुश्ती शुरू हो जाती है लेकिन उसके मन में विचार होता है कि 'इस लड़ाई में हारना भी नहीं है और सामनेवाले को हराना भी नहीं है। यदि सामनेवाला हार गया तो ख्वाहमख्वाह मारा जाएगा। ज्यूँ कि दोनों परिस्थिति में एक की मौत निश्चित है, जो मैं नहीं चाहता।' अतः वह जान-बूझकर इस तरह कुश्ती लड़ता है ताकि कोई भी हारने न पाए। उन दोनों की घंटों तक कुश्ती चलती रही।

शाम हो जाने पर गुरुजी उन्हें रोकते हैं और साधक शिष्य से कहते हैं, 'आज तुमने कुश्ती में पाँच सबक सीखे।' यह सुन शिष्य को आश्चर्य होता है कि गुरुजी किस सबक की बात कर रहे हैं...! क्योंकि जब वह कुश्ती खेल रहा था तब पूरी तरह से उसके अंदर खो गया था। मगर गुरुजी उससे कहते हैं कि 'एक सबक तुम पहले ही सीख चुके हो, शेष चार तुमने इस लड़ाई के दौरान सीखे।'

शिष्य उपनिषद्

आइए, यह जानते हैं कि वे कौन से सबक हैं, जो इस कहानी द्वारा गुरुजी शिष्य को सिखाना चाहते थे।

पहला सबक – धीरज

शिष्य पहला सबक सीखता है, धीरज का। एक साल बड़ी लंबी अवधि है, जिसे शिष्य ज्ञान पाने के इंतज़ार में गुज़ारता है। वरना साधारणतः जीवन जीनेवाले लोग मूल्यवान ज्ञान को भी 'समय न होने' का बहाना देते हुए खो देते हैं।

कुछ लोग ऐसे भी होते हैं, जिन्हें समय गुज़ारने के लिए उत्तेजना की आवश्यकता महसूस होती है। ऐसे में इंसान दुःख को भी आमंत्रित करता है। जब सुख और दुःख दोनों नहीं होते तब उस बीच के समय में इंसान बहुत बोर होता है। यह बोरडम उससे सहा नहीं जाता इसलिए वह कुछ न कुछ निर्माण करता रहता है। गुरुजी जानते थे कि शिष्य का बोरडम के इस समय से निकलना ज़रूरी है। बोरडम से सभी भागना चाहते हैं। दुनिया का कोई भी इंसान बोर नहीं होना चाहता। उसे कुछ उत्तेजना चाहिए होती है। बोरडम के समय से निकलने के बाद जैसे ही साधक का धीरज बढ़ता है तब असली सत्य को प्रकट होने का मौका मिलता है।

दूसरा सबक – करुणा

शिष्य ने दूसरा सबक 'करुणा' का सीखा। शिष्य के अंदर करुणा थी इसलिए उसने सामनेवाले को हारने नहीं दिया। हालाँकि शिष्य उसे हरा सकता था मगर उसे मौत के दंड से बचाने के लिए वह इस तरह लड़ता रहा कि न वह

खुद हारे, न सामनेवाला। अर्थात इंसान के मन में जब दूसरों के प्रति करुणा जागती है तब उसके अंदर की नफरत मिटने लगती है।

तीसरा सबक – निरंतर प्रार्थना

शिष्य को तीसरा सबक 'प्रार्थना' का मिला। शिष्य के अंदर कुश्ती के दौरान जो निरंतर प्रार्थना चल रही थी कि 'पता नहीं बेचारे का क्या होनेवाला है? गुरुजी के द्वारा अचानक ऐसी परिस्थिति बना दी गई है। मगर अब इसमें यह खयाल रखना है कि सामनेवाले का नुकसान भी न हो और मुझे ज्ञान भी मिले।' उसकी इसी प्रार्थना के परिणामस्वरूप उसका प्रतिद्वंद्वी मृत्युदंड का भागीदार होने से बच गया।

इसी से आपको गुरु का कार्य समझ में आया होगा। गुरु, हर इंसान के स्वभाव के अनुसार उसका मार्गदर्शन करते हैं। आवश्यकता है, केवल ज्ञान प्राप्ति के लिए हृदय से प्रार्थना उठने की। अतः हमसे भी यह प्रार्थना उठे कि 'हमें सत्य ज्ञान मिले, हमारे अंदर भी ईश्वर जागृत हो।' यही जीवन का तीसरा सबक है।

चौथा सबक – एकाग्रता

कुश्ती के दौरान शिष्य का पूरा ध्यान केवल संतुलित प्रहार पर था। जिसमें उसने न ज़्यादा, न कम बल्कि सही अंदाज से प्रहार किया। यह एकाग्रता का महत्वपूर्ण सबक उसने सीखा। सुबह से लेकर शाम तक जो कुश्ती चलती रही, उसमें उसका मन इसी बात पर लगा हुआ था कि ज़्यादा प्रहार भी न करूँ ताकि सामनेवाला हार जाए और सामनेवाले को ज़्यादा प्रहार करने का मौका न मिले कि मैं हार जाऊँ। ऐसे में कैसी होगी एकाग्रता...!'

पाँचवा सबक – मनन-चिंतन

शिष्य के लिए पाँचवाँ सबक था, उसके अंदर चल रहे मनन-चिंतन का। मनन-चिंतन' और 'चिंतन-मनन' में बड़ा फर्क है। चिंतन-मनन यानी किसी भी चीज़ के नकारात्मक पहलू को पहले देखना, फिर सकारात्मक सोचना। इस प्रक्रिया में पहले नकारात्मक देखने के कारण, सकारात्मक पहलू भी सकारात्मक नहीं लगता। उदाहरणतः किसी बाग में फूलों को देखकर कोई कहे कि 'बगीचे में कितने काँटे हैं?' तो उसे हज़ारों काँटे और दो-चार फूल ही नज़र आएँगे। अर्थात पहले नकारात्मक देखने से सकारात्मक की कोई कीमत नहीं रहती। मगर जो पहले फूल गिनता है, उसके साथ क्या होता है? यह भी जानें। फूल देखने के बाद जब वह काँटे देखता है तो कहता है, 'फूलों की सुंदरता को बचाने के लिए इन काँटों का कितना बड़ा महत्त्व है।' यह इंसान कुछ अलग ढंग से सोचता है। हम

भी जीवन के हर पहलू को इसी दृष्टिकोण से देख पाएँ, मनन-चिंतन कर पाएँ।

जीवन में तूफान मदद करने के लिए आते हैं। जिस पेड़ के जीवन में कभी तूफान आया ही न हो और वह बड़ा हो गया हो तो ऐसा पेड़ बाद में एक ही तूफान आने पर उखड़ जाता है। जिस पौधे के जीवन में बहुत तूफान आते हैं, उन तूफानों ने उसकी जड़ों को मज़बूत किया होता है। ऐसा पेड़, जब बड़ा हो जाता है तो कोई तूफान उसे उखाड़ नहीं पाता।

इसी पहलू को यदि चिंतन-मनन के दृष्टिकोण से देखेंगे तो सोचेंगे कि 'यह गलत है, जीवन में समस्या नहीं होनी चाहिए।' मगर मनन-चिंतन करनेवाला सोचेगा, 'यह समस्या मुझे जीवन का कौन सा सबक सिखाने आई है... जो सबक सिखाने आई है, क्या वह सीखना कठिन है? बिलकुल नहीं। क्योंकि यही तो मेरी प्रार्थना है... यही तो मेरी चाहत है... यही तो मेरा मूल लक्ष्य है... यह मुझे अपना लक्ष्य याद दिलाने आई है... कि जो समस्या मुझे मार ही नहीं डालती, वह मुझे और भी मज़बूत करती है... अतः मैं सत्य के लिए तैयार हो रहा हूँ... मज़बूत हो रहा हूँ।' इसी तरह जीवन की हर घटना को यदि आप भी सकारात्मक दृष्टिकोण से देखने का प्रयास करेंगे तो संभावना है कि नकारात्मक पहलू भी सकारात्मक में परिवर्तित हो जाए। इसलिए हर एक में मनन-चिंतन की आदत विकसित होनी आवश्यक है।

गुरुजी द्वारा उस शिष्य ने जीवन के पाँच महत्वपूर्ण सबक सीखें। जिन पर उसका गहराई से अभ्यास हुआ, जिसके परिणामस्वरूप वह सत्य के लिए पात्र हुआ। आप भी इन सब पर मनन करें और अंतिम सत्य के लिए स्वयं को तैयार करें।

कथन ३५

स्वयं की तलाश

जब दर्पण नहीं हुआ करते थे तब एक इंसान ने एक अनोखा सपना देखा। सपने में उसने एक चेहरा देखा। उसे वह चेहरा बहुत पसंद आया। सुबह उठकर उसने सोचा, 'मैंने सपने में जो चेहरा देखा, मैं ऐसे चेहरेवाले इंसान से किसी भी तरह मिलना चाहता हूँ, उस इंसान के बिना मैं जी नहीं सकता।' उस इंसान को वह चेहरा इतना पसंद आया कि वह उस चेहरे का आशिक हो गया। वह उस चेहरे को ढूँढ़ने यह सोचकर निकल पड़ा कि कहीं तो उसे वह चेहरा नज़र आ जाएगा। वह हर गली, हर मुहल्ले, हर गाँव, हर नगर घूमा। उसने वहाँ के सभी चेहरों को देखा मगर उसे वह चेहरा कहीं दिखाई नहीं दिया। उसने कई लोगों से उस चेहरे का वर्णन करते हुए पूछा, 'क्या आपने ऐसा चेहरा कहीं देखा है?' मगर वह उस चेहरे की व्याख्या शब्दों में बयान नहीं कर पा रहा था।

अंत में ढूँढ़ते-ढूँढ़ते वह एक पहाड़ी के नीचे स्थित एक गाँव में पहुँचा। उसने वहाँ के लोगों से भी पूछताछ की। उन लोगों ने उसे बताया, 'हमने तो ऐसा कोई चेहरा नहीं देखा है मगर शायद एक इंसान तुम्हारी मदद कर सकता है।' उसने उत्सुकता से उन लोगों से पूछा, 'वह इंसान कौन है, कृपया मुझे बताइए, मैं उसके पास जाकर ज़रूर मदद माँगूँगा।' उन लोगों ने उसे बताया, 'पहाड़ी पर एक गुरुजी रहते हैं, तुम उनके पास जाओ। अगर तुम वहाँ टिक पाए तो तुम्हें वह चेहरा मिल जाएगा।' गाँववालों ने उसे यह भी बताया कि 'पहले भी इस गाँव में ऐसे कई लोग आए परंतु वे उनके पास टिक नहीं पाए। जो टिक पाते हैं वे बहुत ख़ुश होकर जाते हैं। उस इंसान ने कहा, 'मैं उस चेहरे का पता लगाने के लिए हर मुसीबत का सामना करने के लिए तैयार हूँ। मैं उस गुरुजी के पास ज़रूर जाऊँगा।'

उसे उम्मीद की एक किरण दिखाई दे रही थी, जिस वजह से वह साहस जुटाकर उस पहाड़ी पर गया और गुरुजी से मिला। उसने गुरुजी को सारी कहानी बताई, जिसे सुनकर गुरुजी ने कहा, 'उस चेहरे को प्राप्त करने के लिए तुम्हें यहाँ रहना होगा और कई तरह के कार्य करने होंगे... सेवा करनी होगी... पत्थर से कुछ बनाना होगा... कुछ पत्थर घिसने होंगे।' उसने कहा कि 'मैं हर तरह की सेवा करने को तैयार हूँ।'

गुरुजी ने उसे एक पत्थर घिसने का काम दिया। वह उस पत्थर को घिसता रहा और पत्थर चमकाता रहा। जब भी वह पत्थर घिसकर, उसे चमकाकर गुरुजी को दिखाता तब वे कहते, 'थोड़ा और घिसो।' फिर दूसरे दिन वह अपने सारे काम निपटाकर पत्थर घिसने बैठ जाता। इस तरह पत्थर घिसते-घिसते कई दिन बीत गए। एक दिन उसके मन में आया, 'मैं यह क्या कर रहा हूँ, यहाँ क्यों आया हूँ, क्या पत्थर घिसने ही आया हूँ?' उसका मन कहता, 'अपने घर भाग जाओ' मगर वह ऐसा नहीं करता क्योंकि उसे उस चेहरे को जानने की प्यास भी थी।

वह गुरुजी से बीच-बीच में सवाल पूछता, 'पत्थर घिसने से क्या होगा? इसका सपनेवाले चेहरे (सत्य) से क्या संबंध है?' तब गुरुजी उससे कहते, 'दोबारा यदि यह सवाल पूछा तो यहाँ से निकाल दिए जाओगे।' गुरुजी का

आदेश सुन वह इंसान मज़बूरी में पत्थर घिसता रहता।

एक दिन वह बहुत मेहनत करके पत्थर घिस रहा था। उसने पत्थर को इतना घिसा कि वह अचानक आइना बन गया। उसे यह मालूम नहीं था कि पत्थर घिसने के बाद वह आइना बन जाएगा। जैसे ही पत्थर आइना बना, वैसे ही उसमें उसे अपना चेहरा दिखाई दिया। अपना चेहरा देखते ही उसने कहा, 'अरे! यह तो वही चेहरा है जिसे मैं ढूँढ़ रहा हूँ।' वह नाचते हुए गुरुजी के पास गया और बोला, 'पत्थर में मुझे वह चेहरा मिल गया, जिसे मैं इतने सालों से ढूँढ़ रहा था।' गुरुजी ने उसे मुस्कराते हुए बताया, 'तुम्हें कोई और नहीं मिला है, तुम्हें खुद तुम मिले हो, यह तुम्हारा ही चेहरा है। यह पत्थर तुम्हें स्वयं का चेहरा दिखा रहा है।' गुरुजी की बात सुनकर उस इंसान को झटका लगा।

शिष्य उपनिषद्

यह कहानी महज़ कहानी नहीं है। यह कहानी आपकी आंतरिक अवस्था का प्रतीक है। बाहर का चेहरा तो शरीर को मिला है, यहाँ बात चल रही है अंदर के चेहरे की। आपको जो चेहरा मिला है, वह आपका असली रूप नहीं है। अंदर के चेहरे की व्याख्या शब्दों में नहीं की जा सकती इसलिए उसे समझाने के लिए, बाहर का चेहरा कहानी में प्रतीक के रूप में लिया गया। वह इंसान, जो चेहरे को ढूँढ़ रहा था वह जब अपने आप पर लौटा, अपने चेहरे पर लौटा तब उसने सत्य जाना। सत्य कहीं बाहर नहीं, हमारे अंदर ही है।

यह कहानी गुरु के प्रति विश्वास की ओर भी संकेत करती है। गुरु पर विश्वास और सत्य श्रवण से ही स्वअनुभव को प्राप्त किया जा सकता है। सिर्फ गुरु के बताने की देर है कि 'यह जीवन है, ये आप हैं और ये नियम हैं। इन नियमों का पालन करेंगे तो विश्व की सबसे बड़ी शक्ति आपके लिए काम करेगी।'

गुरु आपको आंतरिक जीवन से अवगत कराते हैं, अंतिम सत्य के लिए तैयार करते हैं। वे आपको इस बात का ज्ञान देते हैं कि आप शरीर नहीं हैं, शरीर से परे अनुभव रूपी अस्तित्त्व हैं। उस अनुभव में स्थापित होकर आपको पृथ्वी पर तथा पृथ्वी से परे मृत्यु उपरांत जीवन में भी सत्य की अभिव्यक्ति करनी है। गुरु आपको पृथ्वी और उसके परे के जीवन का नियोजन करने की कला सिखाते

हैं। वरना लोग पृथ्वी पर केवल जीवन के कुछ ही हिस्सों का नियोजन कर पाते हैं। जबकि गुरु आपको जीवन बनने की कला (आर्ट ऑफ बिईंग लाईफ) सिखाते हैं। आपका जीवन, महाजीवन में कैसे परिवर्तित हो, महाजीवन के बाद कोई मृत्यु नहीं होती, इस बात की दृढ़ता दिलाते हैं। यही है गुरु का महत्त्व।

यह पुस्तक पढ़ने के बाद अपना अभिप्राय (विचार सेवा) इस पते पर भेज सकते हैं :
Tejgyan Global Foundation, Pimpri Colony Post office, P.O. Box 25, Pune - 411 017. Maharashtra (India).

परिशिष्ट

सरश्री – अल्प परिचय

स्वीकार मंत्र मुद्रा

सरश्री की आध्यात्मिक खोज का सफर उनके बचपन से प्रारंभ हो गया था। इस खोज के दौरान उन्होंने अनेक प्रकार की पुस्तकों का अध्ययन किया। इसके साथ ही अपने आध्यात्मिक अनुसंधान के दौरान अनेक ध्यान पद्धतियों का अभ्यास किया। उनकी इसी खोज ने उन्हें कई वैचारिक और शैक्षणिक संस्थानों की ओर बढ़ाया। इसके बावजूद भी वे अंतिम सत्य से दूर रहे।

उन्होंने अपने तत्कालीन अध्यापन कार्य को भी विराम लगाया ताकि वे अपना अधिक से अधिक समय सत्य की खोज में लगा सकें। जीवन का रहस्य समझने के लिए उन्होंने एक लंबी अवधि तक मनन करते हुए अपनी खोज जारी रखी। जिसके अंत में उन्हें आत्मबोध प्राप्त हुआ। आत्मसाक्षात्कार के बाद उन्होंने जाना कि अध्यात्म का हर मार्ग जिस कड़ी से जुड़ा है वह है- समझ (अंडरस्टैण्डिंग)।

सरश्री कहते हैं कि 'सत्य के सभी मार्गों की शुरुआत अलग-अलग प्रकार से होती है लेकिन सभी के अंत में एक ही समझ प्राप्त होती है। 'समझ' ही सब कुछ है और यह 'समझ' अपने आपमें पूर्ण है। आध्यात्मिक ज्ञान प्राप्ति के लिए इस 'समझ' का श्रवण ही पर्याप्त है।'

सरश्री ने ढाई हज़ार से अधिक प्रवचन दिए हैं और सौ से अधिक पुस्तकों की रचना की हैं। ये पुस्तकें दस से अधिक भाषाओं में अनुवादित की जा चुकी हैं और प्रमुख प्रकाशकों द्वारा प्रकाशित की गई हैं, जैसे पेंगुइन बुक्स, हे हाऊस पब्लिशर्स, जैको बुक्स, हिंद पॉकेट बुक्स, मंजुल पब्लिशिंग हाऊस, प्रभात प्रकाशन, राजपाल ॲण्ड सन्स इत्यादि।

तेजज्ञान फाउण्डेशन – परिचय

तेजज्ञान फाउण्डेशन आत्मविकास से आत्मसाक्षात्कार प्राप्त करने का एक रास्ता है। इसके लिए सरश्री द्वारा एक अनूठी बोध पद्धति (System for Wisdom) का सृजन हुआ है। इस पद्धति को अन्तर्राष्ट्रीय मानक ISO 9001:2015 के आवश्यकताओं एवं निर्देशों के अनुरूप ढालकर सरल, व्यावहारिक एवं प्रभावी बनाया गया है।

इस संस्था की बोध पद्धति के विभिन्न पहलुओं (शिक्षण, निरीक्षण व गुणवत्ता) को स्वतंत्र गुणवत्ता परीक्षकों (Quality Auditors) द्वारा क्रमबद्ध तरीके से जाँचा गया। जिसके बाद इन पहलुओं को ISO 9001:2015 के अनुरूप पाकर, इस बोध पद्धति को प्रमाणित किया गया है।

फाउण्डेशन का लक्ष्य आपको नकारात्मक विचार से सकारात्मक विचार की ओर बढ़ाना है। सकारात्मक विचार से शुभ विचार यानी हॅपी थॉट्स (विधायक आनंदपूर्ण विचार) और शुभ विचार से निर्विचार की ओर बढ़ा जा सकता है। निर्विचार से ही आत्मसाक्षात्कार संभव है। शुभ विचार (Happy Thoughts) यानी यह विचार कि 'मैं हर विचार से मुक्त हो जाऊँ।' शुभ इच्छा यानी यह इच्छा कि 'मैं हर इच्छा से मुक्त हो जाऊँ।'

ज्ञान का अर्थ है सामान्य ज्ञान लेकिन तेजज्ञान यानी वह ज्ञान जो ज्ञान व अज्ञान के परे है। कई लोग सामान्य ज्ञान की जानकारी को ही ज्ञान समझ लेते हैं लेकिन असली ज्ञान और जानकारी में बहुत अंतर है। आज लोग सामान्य ज्ञान के जवाबों को ज्यादा महत्त्व देते हैं। उदाहरण के तौर पर– कर्म और भाग्य, योग और प्राणायाम, स्वर्ग और नर्क इत्यादि। आज के युग में सामान्य ज्ञान प्रदान करनेवाले लोग और शिक्षक कई मिल जाएँगे मगर इस ज्ञान को पाकर जीवन में कोई बड़ा परिवर्तन नहीं होता। यह ज्ञान या तो केवल बुद्धि विलास है या फिर अध्यात्म के नाम पर बुद्धि का व्यायाम है।

सभी समस्याओं का समाधान है तेजज्ञान। भय से मुक्ति, चिंतारहित व क्रोध से आज़ाद जीवन है तेजज्ञान। शारीरिक, मानसिक, सामाजिक, आर्थिक और आध्यात्मिक उन्नति के लिए है तेजज्ञान। तेजज्ञान आपके अंदर है, आएँ और इसे पाएँ।

यदि आप ऐसा ज्ञान चाहते हैं, जो सामान्य ज्ञान के परे हो, जो हर समस्या का समाधान हो, जो सभी मान्यताओं से आपको मुक्त करे, जो आपको ईश्वर का साक्षात्कार कराए, जो आपको सत्य पर स्थापित करे तो समय आ गया है तेजज्ञान को जानने का। समय आ गया है शब्दोंवाले सामान्य ज्ञान से उठकर

तेजज्ञान का अनुभव करने का।

अब तक अध्यात्म के अनेक मार्ग बताए गए हैं। जैसे जप, तप, मंत्र, तंत्र, कर्म, भाग्य, ध्यान, ज्ञान, योग और भक्ति आदि। इन मार्गों के अंत में जो समझ, जो बोध प्राप्त होता है, वह एक ही है। सत्य के हर खोजी को अंत में एक ही समझ मिलती है और इस समझ को सुनकर भी प्राप्त किया जा सकता है। उसी समझ को सुनना यानी तेजज्ञान प्राप्त करना है। तेजज्ञान के श्रवण से सत्य का साक्षात्कार होता है, ईश्वर का अनुभव होता है। यही तेजज्ञान सरश्री महाआसमानी शिविर में प्रदान करते हैं।

महाआसमानी परम ज्ञान शिविर परिचय और लाभ (निवासी)

क्या आपको उच्चतम आनंद पाने की इच्छा है? ऐसा आनंद, जो किसी कारण पर निर्भर नहीं है, जिसमें समय के साथ केवल बढ़ोतरी ही होती है। क्या आप इसी जीवन में प्रेम, विश्वास, शांति, समृद्धि और परमसंतुष्टि पाना चाहते हैं? क्या आप शारीरिक, मानसिक, सामाजिक, आर्थिक और आध्यात्मिक इन सभी स्तरों पर सफलता हासिल करना चाहते हैं? क्या आप 'मैं कौन हूँ' इस सवाल का जवाब अनुभव से जानना चाहते हैं।

यदि आपके अंदर इन सवालों के जवाब जानने की और 'अंतिम सत्य' प्राप्त करने की प्यास जगी है तो तेजज्ञान फाउण्डेशन द्वारा आयोजित 'महाआसमानी शिविर' में आपका स्वागत है। यह शिविर पूर्णतः सरश्री की शिक्षाओं पर आधारित है। सरश्री आज के युग के आध्यात्मिक गुरु और 'तेजज्ञान फाउण्डेशन' के संस्थापक हैं, जो अत्यंत सरलता से आज की लोकभाषा में आध्यात्मिक समझ प्रदान करते हैं।

महाआसमानी शिविर का उद्देश्य :

इस शिविर का उद्देश्य है, 'विश्व का हर इंसान 'मैं कौन हूँ' इस सवाल का जवाब जानकर सर्वोच्च आनंद में स्थापित हो जाए।' उसे ऐसा ज्ञान मिले, जिससे वह हर पल वर्तमान में जीने की कला प्राप्त करे। भूतकाल का बोझ और भविष्य की चिंता इन दोनों से वह मुक्त हो जाए। हर इंसान के जीवन में स्थायी खुशी, सही समझ और समस्याओं को विलीन करने की कला आ जाए। मनुष्य जीवन का उद्देश्य पूर्ण हो।

'मैं कौन हूँ? मैं यहाँ क्यों हूँ? मोक्ष का अर्थ क्या है? क्या इसी जन्म में मोक्ष प्राप्ति संभव है?' यदि ये सवाल आपके अंदर हैं तो महाआसमानी शिविर इसका जवाब है।

महाआसमानी शिविर के मुख्य लाभ :

इस शिविर के लाभ तो अनगिनत हैं मगर कुछ मुख्य लाभ इस प्रकार हैं...

* जीवन में दमदार लक्ष्य प्राप्त होता है। * 'मैं कौन हूँ' यह अनुभव से जानना (सेल्फ रियलाइजेशन) होता है। * मन के सभी विकार विलीन होते हैं। * भय, चिंता, क्रोध, बोरडम, मोह, तनाव जैसी कई नकारात्मक बातों से मुक्ति मिलती है। * प्रेम, आनंद, मौन, समृद्धि, संतुष्टि, विश्वास जैसे कई दिव्य गुणों से युक्ति होती है। * सीधा, सरल और शक्तिशाली जीवन प्राप्त होता है। * हर समस्या का समाधान प्राप्त करने की कला मिलती है। * 'हर पल वर्तमान में जीना' यह आपका स्वभाव बन जाता है। * आपके अंदर छिपी सभी संभावनाएँ खुल जाती हैं। * इसी जीवन में मोक्ष (मुक्ति) प्राप्त होता है।

महाआसमानी शिविर में भाग कैसे लें?

इस शिविर में भाग लेने के लिए आपको कुछ खास माँगें पूरी करनी होती हैं। जैसे - १) आपकी उम्र कम से कम अठारह साल या उससे ऊपर होनी चाहिए। २) आपको सत्य स्थापना शिविर (फाउण्डेशन ट्रुथ रिट्रीट) में भाग लेना होगा, जहाँ आप सीखेंगे- वर्तमान के हर पल को कैसे जीया जाए और निर्विचार दशा में कैसे प्रवेश पाएँ। ३) आपको कुछ प्राथमिक प्रवचनों में उपस्थित होना है, जहाँ आप बुनियादी समझ आत्मसात कर, महाआसमानी शिविर के लिए तैयार होते हैं।

यह शिविर साल में पाँच या छह बार आयोजित होता है, जिसका लाभ हज़ारों खोजी उठाते हैं। इस शिविर की तैयारी आगे दिए गए स्थानों पर कराई जाती है। पुणे, मुंबई, दिल्ली, सांगली, सातारा, जलगाँव, अहमदाबाद, कोल्हापुर, नासिक, अहमदनगर, औरंगाबाद, सूरत, बरोडा, नागपुर, भोपाल, रायपुर, चेन्नई, वर्धा, अमरावती, चंद्रपुर, यवतमाल, रत्नागिरी, लातूर, बीड, नांदेड, परभणी, पनवेल, ठाणे, सोलापुर, पंढरपुर, अकोला, बुलढाणा, धुले, भुसावल, बैंगलोर, बेलगाम, धारवाड, भुवनेश्वर, कोलकत्ता, राँची, लखनऊ, कानपुर, चंदीगढ़, जयपुर, पणजी, म्हापसा, इंदौर, इटारसी, हरदा, विदिशा, बुरहानपुर।

आप महाआसमानी की तैयारी फाउण्डेशन में उपलब्ध सरश्री द्वारा रचित पुस्तकों, सी.डी. और कैसेटस् सुनकर कर सकते हैं। इसके अलावा आप टी. वी., रेडियो और यू ट्यूब पर सरश्री के प्रवचनों का लाभ भी ले सकते हैं मगर याद रहे, ये पुस्तकें, कैसेट, टी.वी., रेडियो और यू ट्यूब के प्रवचन शिविर का परिचय मात्र है, तेजज्ञान नहीं। आप महाआसमानी शिविर में भाग लेकर ही तेजज्ञान का आनंद ले सकते हैं। आगामी महाआसमानी शिविर में अपना स्थान आरक्षित करने के लिए संपर्क करें :**09921008060/75, 9011013208**

महाआसमानी शिविर स्थान

महाआसमानी महानिवासी शिविर 'मनन आश्रम' पर आयोजित किया जाता है। यह आश्रम पुणे शहर के बाहरी क्षेत्र में पहाड़ों और निसर्ग के असीम सौंदर्य के बीच बसा हुआ है। इस आश्रम में पुरुषों और महिलाओं के लिए अलग-अलग, कुल मिलाकर 700 से 800 लोगों के रहने की व्यवस्था है। यह आश्रम पुणे शहर से 17 किलो मीटर की दूरी पर है। हवाई अड्डा, हाइवे और रेल्वे से पुणे आसानी से आ-जा सकते हैं।

मनन आश्रम, पुणे, सर्वे नं. ४३, सनस नगर, नांदोशी गांव, किरकट वाडी फाटा, तहसील - हवेली, जिला : पुणे - ४११०२४. फोन : **09921008060**

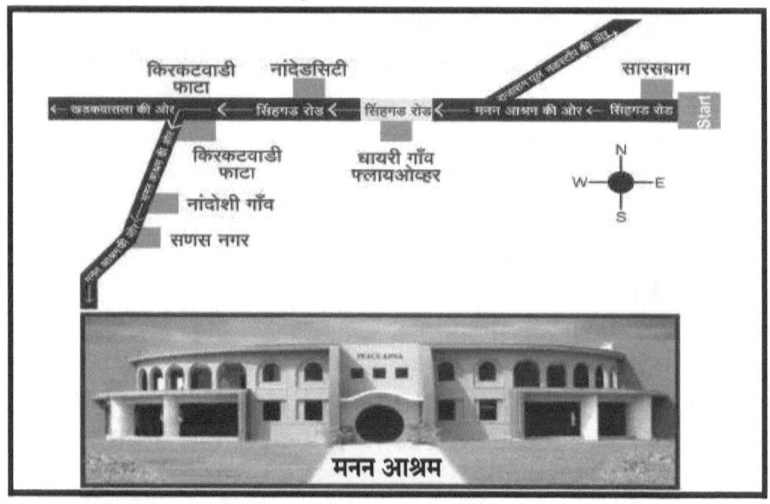

मनन आश्रम

अब एक क्लिक पर ही शिविर का रजिस्ट्रेशन !

तेजज्ञान फाउण्डेशन की इन शिविरों के लिए
अब आप ऑनलाईन रजिस्ट्रेशन भी कर सकते हैं-

* महाआसमानी महानिवासी शिविर (पाँच दिवसीय निवासी शिविर)
* मैजिक ऑफ अवेकनिंग (केवल अंग्रेजी भाषा जाननेवालों के लिए तीन दिवसीय निवासी शिविर)
* मिनी महाआसमानी (निवासी) शिविर, युवाओं के लिए

रजिस्ट्रेशन के लिए आज ही लॉग इन करें

www.tejgyan.org

सभी धर्मों को जोड़नेवाला तेजज्ञान का धागा

तेजज्ञान द्वारा प्रकाशित
संतो की जीवनी

पुस्तकें प्राप्त करने के लिए नीचे दिए गए पते पर मनीऑर्डर द्वारा पुस्तक का मूल्य भेज सकते हैं। पुस्तकें रजिस्टर्ड, कुरियर अथवा वी.पी.पी. द्वारा भेजी जाती हैं। पुस्तकों के लिए नीचे दिए गए पते पर संपर्क करें।

WOW Publishings Pvt. Ltd.

✻ रजिस्टर्ड ऑफिस – इ- ४, वैभव नगर, तपोवन मंदिर के नज़दीक, पिंपरी, पुणे – ४११०१७

✻ पोस्ट बॉक्स नं. ३६, पिंपरी कॉलोनी पोस्ट ऑफिस, पिंपरी, पुणे – ४११०१७ फोन नं.: 09011013210 / 9623457873

आप ऑन-लाइन शॉपिंग द्वारा भी पुस्तकों का ऑर्डर दे सकते हैं।

लॉग इन करें - www.gethappythoughts.org

३०० रुपयों से अधिक पुस्तकें मँगवाने पर १०% की छूट और फ्री शिपिंग।

---

www.youtube.com/tejgyan

पर भी सरश्री के प्रवचनों का लाभ ले सकते हैं।

For online shopping visit us - www.tejgyan.org
www.gethappythoughts.org

हर रविवार सुबह १०:०५ से १०:१५ रेडियो विविध भारती, एफ. एम. पुणे पर 'तेजविकास मंत्र'

नोट : उपरोक्त कार्यक्रमों के समय बदल सकते हैं इसलिए समय पुष्टि करें।

तेजज्ञान इंटरनेट रेडियो

२४ घंटे और ३६५ दिन सरश्री के प्रवचन और भजनों का लाभ लें, तेजज्ञान इंटरनेट रेडियो द्वारा। देखें लिंक

http://www.tejgyan.org/internetradio.aspx

तेजज्ञान फाउण्डेशन - मुख्य शाखाएँ

पुणे (रजिस्टर्ड ऑफिस)

विक्रांत कॉम्प्लेक्स, तपोवन मंदिर के नज़दीक,
पिंपरी, पुणे-४११ ०१७.
फोन : 020-27411240, 27412576

मनन आश्रम

सर्वे नं. ४३, सनस नगर, नांदोशी गाँव,
किरकटवाडी फाटा, तहसील - हवेली,
जिला- पुणे - ४११ ०२४. फोन : 09921008060

e-books

•The Source •Complete Meditation •Ultimate Purpose of Success •Enlightenment •Inner Magic •Celebrating Relationships •Essence of Devotion •Master of Siddhartha •Self Encounter, and many more.

Also available in Hindi at www. gethappythoughts.org

Free apps

U R Meditation & Tejgyan Internet Radio on all platforms like Android, iPhone, iPad and Amazon

e-magazines

'Yogya Aarogya' & 'Drushtilakshya'

emagazines available on www.magzter.com

e-mail

mail@tejgyan.com

website

www.tejgyan.org, www.gethappythoughts.org

- नम्र निवेदन -

विश्व शांति के लिए लाखों लोग प्रतिदिन
सुबह और रात ९ बजकर ९ मिनट पर प्रार्थना करते हैं।
कृपया आप भी इसमें शामिल हो जाएँ।

www.ingramcontent.com/pod-product-compliance
Lightning Source LLC
LaVergne TN
LVHW091046100526
838202LV00077B/3051
* 9 7 8 8 1 8 4 1 5 5 5 9 4 *